「ん……、あ、ん、ロキさま……、これ……、いい……」
ナザールの唇から、艶めいた声が零れた。（本文より）

神の愛し花嫁 ～邪神の婚礼～

KAWAIKO

かわい恋

Illustration

Ciel

SLASH
B-BOY NOVELS

この物語はフィクションであり、実際の人物・
団体・事件等とは、一切関係ありません。

CONTENTS

神の愛し花嫁

～邪神の婚礼～

1.

荷車を引いてきた四人の少年たちは、北の森との境目にある川べりで足を止めた。荷車に載っているのは、町の守り神であるロキへの貢《みつ》ぎ物である。獣肉、魚介、野菜、卵、果物、酒などの食物に加え、織物や美しい細工品がある。

本来守り神は町の中心にある神殿に住まうものだ。だがロキは、好んで以前から暮らしている北の森に住んでいる。

世の中には人間とともに魔物や神が混在しており、それぞれの土地で守り神を奉《たてまつ》っていることが多い。魔物の襲来はめったにあることではないが、人間の力で太刀打ちできない事態に備えるために、より強い力のある神と契約して土地を守ってもらう。

いまこの町を守るのは、ロキという名の黒い獣の化身である。黒い炎のような髪と褐色《かっしょく》の肌を覆う彫り物、青い瞳を持つ闘神のごとき豪胆な神だ。

少年たちは期待と興奮で頰を紅潮させながら、川の向こう側へ声をかけた。

「供物《くもつ》をお届けに上がりました！」

声に反応し、すぐに川向こうの森から数頭の大型の灰色獣が飛び出してくる。獣たちはためらいもなく川へ飛び込んだ。

狼《おおかみ》に似た獣たちは苦もなく流れをかき分けて川を渡り、少年たちの前でぶるりと体を震わせて水を振り払った。

人間の成人の倍はあろうかという大きさの獣に見下ろされ、少年たちの顔に緊張が浮かぶ。

だが一頭が身を翻《ひるがえ》した瞬間、それは隆々とした筋肉を持つ灰褐色の髪の偉丈夫《いじょうぶ》に変わった。

人の姿であっても、少年たちより優に頭ひとつぶん以上背の高い巨軀《きょく》であるが。

男は深い青い色の瞳で少年たちを見据える。少年たちは目を見ないようとっさに顔を背けたが、やがて怖々と視線を男に戻した。

少年たちと視線が合うと、男はたくましい顎《あご》を引き、しっかりと頷《うなず》く。男のこめかみから頰骨にかけて、鮮《あざ》やかな赤い文様が目立っていた。

「ご苦労だった。ロキさまからも礼を言付《ことづ》かっている。町長にもよろしく伝えられよ」

男は重さなどないかのように荷車から獣たちの背へ貢ぎ物を移し、再び獣の姿に戻って川を渡って帰っていった。

獣たちの姿が見えなくなるや否や、少年たちは目を輝かせて顔を見合わせ、堪《こら》えきれなくなったようにワッと声を上げた。

「あれがロキさまの眷属《けんぞく》か！」

「見たか、あの体！　すごい筋肉だったな！」

「あれならそこらの魔物なんかひとひねりだ！」

少年たちは興奮を隠しきれず、口々に今見た神の眷属のたくましさや力強さを讃《たた》える。

一人の少年が自慢げに顎を上げた。

「俺はロキさまが戦ってるところも見たことあるぜ。去年町がカドヴォスに襲われたときに、奴を倒しに来たところに居合わせたんだ。今の眷属より、もっともっと男らしくて神々《こうごう》しかった」

「ロキさまが邪神《じゃしん》だったなんて、信じられないな。今や俺たちの町の守り神さまだもんな」

「違う、もともと誤解されてただけなんだよ。ロキさまは邪神なんかじゃなかったんだ」

かつて、ロキは町の守り神として多くの人間の望みを叶えようと奔走《ほんそう》していた。だが膨《ふく》れ続ける人間の欲望に限界はなく、ついに力を使い果たしたロキは民に態度を翻された。

そしてロキの祖父神であるバラーによって守り神の座を奪われ、邪神の汚名を着せられて北の森に追放されたのである。

三百年の時を経て力を蓄《たくわ》えたロキは、町を襲ったカドヴォスという厄神《やくじん》を打ち倒すことにより、再び人々に敬《うやま》われる存在になった。カドヴォスによって滅ぼされたバラーに代わり、いまはロキが守り神として町を守護している。

いちばん小さな少年が、高鳴る胸を押さえながら呟《つぶや》いた。

「本当に青い目をしてるんだね。まだ邪視《じゃし》を見ると落ち着かない気分になる」

黒い瞳の人々の間で、邪神と恐れられていたロキと同じ色の青い瞳を持つ人間は、邪視と呼ばれて災《わざわ》いをもたらすと信じられていた。ごく稀《まれ》に生まれる青い瞳の人間は忌み嫌われ、虐《しいた》げられて暮らしていたのだ。

ロキが守り神に戻り、邪視への誤解は表面上解けはしたが、三百年に渡って根づいてしまった差別意識と恐怖はいまだ人々の心に影を落としている。

「でもロキさまの花嫁さまも邪視なんだろ。花嫁っていっても男だって噂だけど」

「ナザールさまか。神の眷属を育てるには花嫁の乳が必要だっていうけど、男でも乳って出るのかな」

「さあ……。けど、眷属を育ててるなら出るんじゃないか?」

神さまなら男に乳を出させても不思議はないよな、と少年たちは納得して頷いた。

*

うららかな春の日差しの下、ナザールは木陰に座り、腕に抱いたロキの眷属の仔《こ》が満腹で眠りにつくのを幸せな気分で眺めた。

「ナザールさま、のどが渇いていませんか」

傍《かたわ》らに立ったハクとジダンが、果物や水をナザールに差し出した。双子である彼らには、それぞれ右頬と左頬に対照的に赤い文様が浮かんでいた。眷属の中でもひときわ華やかな青年たちである。

二人はまだ成人して間もないが、他の眷属が眠りについていた三百年の間ロキに仕《つか》えていたことで、ロキの側近の立場を取っている。能力が高く優秀な彼らは、ロキの命《めい》で花嫁であるナザールの身辺警護をしていることも多い。

警護役の彼らが身の回りの世話までする必要はないが、ナザールの乳で育てられた二人は好んで世話を焼きたがるのだ。

「いただきます、ありがとう」

ナザールは側《そば》で控えていた母親に赤子を返し、ひと口だけ水を含んだ。

生まれたばかりの眷属の赤子は灰色の獣の姿をしていて、とても可愛らしい。

眷属は神の花嫁の乳を糧《かて》に成長し、しばらくすると人の形も取れるようになるという。といっても、成長期には耳と尻尾がついていて、成人するとようやく完全に人と同じ姿になる。だがその顔には赤い文様が浮かび、ロキの眷属であることは外見から容易に知れる。

眷属は人にも獣にもなれるが、必要なとき以外は獣の姿で過ごすことが多いらしい。

「ナザールさま。もしお辛《つら》くなければ、私の仔にも乳を含ませていただけませんか」

先の仔が乳を飲み終えるのを待っていたらしい眷属が、控えめに自分の仔を差し出した。

「待て。ナザールさまは朝から何匹もに乳を与えてお疲れだ。急ぐ必要はないだろう。また明日にしろ」

ジダンが断ろうとしたが、ナザールはほほ笑みながら仔を受け取った。

「喜んで。お世話させていただけて、わたしも嬉しいです」

「ナザールさま」

咎《とが》める口調のジダンが、秀麗な眉を寄せる。ハクも心配げにナザールを覗《のぞ》き込んだ。

「無理をなさるものではありませんよ。赤子は次々生まれてくるのです。花嫁さまが倒れたらどうするんですか。あなたの代わりはいないのですから」

乳はなくとも、成長しないだけで眷属が飢えて死ぬことはない。けれど、眷属を成長させられるのは、神の花嫁の乳だけ。

花嫁のもっとも重要な役割は、眷属の仔を育てるための乳を与えることである。今やナザールの生きがいといってもいい。

「大丈夫です。ロキさまの愛が溢《あふ》れているので、いくらでも出せそうですから。二人とも、心配してくれてありがとう」

ロキに望まれて花嫁になる前は、邪視と疎《うと》まれて家族にさえ顧《かえり》みられなかった。そんな自分が役に立てることが嬉しくてありがたい。

小さな獣は、慌てたようにナザールの乳首を口に含む。

んく、んく、とのどを鳴らして乳を飲む仔獣の額を指先で撫でてやると、心地よさげに瞳を閉じる様を愛しく思う。

すっかり慣れてしまったが、膨らみもない自分の胸のどこに乳が詰まっているのか、ときおり首を傾げる。

神が花嫁に精を注げば、花嫁から眷属を育てるための乳が出るようになる。神の愛情が深いほど乳は溢れ、しかも花嫁の官能が強いほど美味で滋養豊かになるという。

そもそも男である自分から乳が出るのはどういう構造になっているのか不思議だが、神の神秘を人間が暴こうとしても無駄だとも思う。

自分にできるのは、ロキから賜《たまわ》った愛を体内で栄養に育《はぐく》んで眷属に与えることだけ。

ナザールは幸せを噛みしめながら、愛らしい仔獣が乳首を咥《くわ》えたまま、うとうとと眠りにつくのを眺めた。

仔獣を見ているうちに、ふと自分の子を腕に抱く図が浮かんだ。

「あ……」

想像したら、胸の奥にこみ上げるものがあった。こんなふうに、自分の子にも乳を与えられたら。いや、もっと言えば――ロキの子が欲しい。

「どうしました？」

ハクとジダンに同時に声をかけられ、ハッとした。

男である自分が子を産めるとは思えない。

突飛《とっぴ》な空想をしてしまった自分が恥ずかしくて、頬を染めながら「なんでも……」とうつむいた。

だがこうして乳は出るではないか。

もしかして……、いや、神なら男に子を宿すこともあり得るのでは……。

かすかな期待に、ナザールは胸を高鳴らせた。


ナザールは乳をやり終えても日が落ちるまで眷属の仔らの遊び相手をし、疲れ果てて館に戻ってきた。くたくたでも、心地よい疲れである。

「おかえりなさいませ、ナザールさま。お疲れになったでしょう、先に体を流しますか。それともお茶を召し上がりますか？」

　ひと足先に戻っていたハクが、笑顔でナザールを迎えた。

「ありがとう、お風呂をいただいていいでしょうか」

「もちろんです」

　ハクは家事手伝いに来ている眷属の少女に、湯の温度を確かめてくるよう言いつけた。

　まだ耳と尻尾がついた少女は、ナザールの世話ができるのが嬉しくて仕方ないと言わんばかりに、大きな尻尾を揺らして湯殿に向かって駆けていく。ナザールはほほ笑ましい気持ちで少女の背を見送った。

　あのくらいの歳の子を見ると、会ったばかりの頃のハクとジダンを思い出す。

　ナザールは当初、子どもの姿をしたハクとジダンに乳を与えながらも、眷属が一足飛びに数年分の成長をすることも知らなかった。彼らが急速に成人して驚いたものである。きっと自分の知らないことがまだまだあるのだろう。

　ロキの花嫁になるまでほとんど人との関わりなく過ごしてきたために、ナザールには知らないことがたくさんある。もっといろいろなことを知りたい。いずれきちんと勉強もしたいな、と思う。

　たっぷりとした湯に浸かれば、吸われすぎた胸の先がじくじくと痛む。

見下ろすと、真っ赤に腫《は》れた乳首から血が滲《にじ》みかけていた。

「いた……」

だがナザールにとっては幸せな痛みである。

昨年ロキの眷属が復活してから季節は巡り、新しい春を迎え、眷属の仔が生まれ始めた。赤子自体はまだ片手で数えられる程度だが、成長途中の少年少女も乳を必要とする。眠りから覚めた眷属の中には、そんな年頃の子も何人かいた。

「頑張らないと……」

ナザールが頑張れば頑張るだけ、眷属は早く成長する。ロキの一族の繁栄のため、誠心誠意尽くそう。

湯上がりに清潔な衣《ころも》を纏《まと》い、栄養のある食事を取る。

食事はいつもナザール一人か、ロキがいれば彼が、いないときはハクかジダンがつき合ってくれるときもある。

神も眷属も人間のように食物を必要とするわけではないが、嗜好《しこう》品として楽しんでいるのだ。酒などはその最たる例である。

町の民が持ってきてくれた食材を眷属がナザールのために調理してくれ、感謝の祈りを捧げてからいただく。

毎日が完璧に満たされて、怖いくらいだ。こんなに幸せでいいのかと思う。

そんなことをロキに言うと、おまえは幸せでいいのだと笑われてしまうけれど。

「ごちそうさまでした」

ナザールが食事をきれいにたいらげてしまうと、側で控えていたハクは、タイミングよく食後の茶をテーブルに置いた。


館に戻ってきたロキに情熱的に口づけられ、ナザールは歓喜に塗《まみ》れながら唇を受け止めた。

「会いたかったぞ、ナザール……！」

ロキは日中は町にある神殿で過ごしたり、土地を見回っていることが多い。

朝から夜までのたった半日離れていただけなのに、ロキはまるで何年も会えなかったような態度である。そのたび、ナザールは愛される喜びに包まれる。

ロキはナザールを味わい尽くすように口蓋《こうがい》を貪り、しなやかに反《そ》る腰を抱き寄せて、すでに昂《たかぶ》り始めた雄を下腹に押しつけてきた。

愛する夫がこんなにも自分を欲してくれることに、ナザールはいつも震えるほど感じてしまう。

「わたしも会いたかったです、ロキさま……」

眷属の仔に吸い尽くされたと思ったのに、ロキの愛情を感じると乳がじわりと滲む。胸の先端がちりちりと疼《うず》いて、服を押し上げるようにピンと勃ち上がったのがわかった。

ロキの唇が性急に首筋をなぞると、ナザールは細い顎を突き上げてのどを晒《さら》した。同時に胸を突き出す形になり、ロキの熱く大きな手のひらが服の合わせ目から忍んでくる。

「ん……」

腹から体の側線をなぞって脇まで撫で上げられれば、ぞくぞくとした快感に背筋がわななないた。親指の先で白い蜜の滲む先端を下から弾かれると、じくりとした痛みが走って思わず体を離してしまった。

「つ……っ！」

痛みに竦《すく》んだナザールの服を剝《む》いたロキが、赤く腫れた胸粒を見て眉を寄せる。

「すり切れて血が滲みかけているぞ。ここまでする必要はない。おまえが辛くない範囲で眷属を育てればいい」

ナザールはほほ笑みながら、隠すように胸もとを手で覆った。

「辛いなどと思ったことはありません。お役に立てることが、心から嬉しいです」

ロキはますます眉を顰《ひそ》めた。

「頑張りすぎだ。ハクもジダンも心配している。おまえは俺の花嫁だぞ。眷属のためだけにここにいるわけではない」

本当に、辛くなどないのだ。痛みこそあれど、必要とされることが嬉しくてありがたくて、自分にできることならなんでもしたいと思う。あまり言葉が上手ではない自分は、どうやったら誤解なく伝えられるかわからないけれど。

ただ……。

「ロキさまは……、その……、わたしの胸が茱萸《ぐみ》のように色づくのはお嫌ですか……？」

鬱血《うっけつ》した乳首は、白い肌の上でやけに生々しく目立ってしまう。ロキに見苦しいと思われたら、それは悲しい。

ロキは不機嫌そうにナザールの手首を握り、両側に引いて隠した胸を露《あらわ》にさせた。

「茱萸だろうが干しぶどうだろうが関係ない。おまえの美しさは変わらん。痛々しくて、可哀想なだけだ」

言うと、真っ赤に色づいた乳首を唇で挟む。

ちくりとした痛みに、すぐにぬるりとした熱い舌が被《かぶ》せられた。

「あ……っ」

ちゅっ、と音を立てて吸われると、痛みはすぐに霧散《むさん》した。

神であるロキは人間の病苦を自分に移し取る力を持っている。けれど、そうするとロキに痛みが移ってしまうのだ。

「ロキさま、わたしは大丈夫です。ロキさまが……、あっ……！」

体をねじって逃れようとしたが、簡単に反対の乳首も吸われてしまう。

痛みはすぐに溶けてなくなり、続けて舌先で胸の粒の下から側面をねろりと舐め上げられれば、白い蜜がぷつりと浮かんで快感を訴えた。

「俺の痛みなど、おまえがきれいに癒してくれるだろう？」

神の花嫁の乳は眷属を育てるための唯一の栄養だが、同時に神の病や怪我を癒す霊薬でもある。

「あとで癒すからあなたが痛くなっていいというものではありません。わたしは本当に大丈夫ですので……」

「本気で言っているのか」

ロキの声が険しくなる。ナザールの体がびくりと竦んだ。

おずおずとロキの顔を見上げる。

ロキは眉間に皺《しわ》を寄せた。

「おまえがそう思うなら、俺がおまえに同じことを思っているとどうして気づかない。献身《けんしん》は美徳だが、俺は自己犠牲を望んでいるわけではない。おまえが傷つけば俺も胸が痛む。夫に心配をかけるな」

叱られて初めて、自分の浅はかさに気づいた。

自分だって、愛しいものが傷つけば苦しくなる。たとえそれを本人が望んでいたとしても。

ハクもジダンも、ナザールが痛みを感じていることに胸を痛めていたのだ。必要とされることが嬉しいばかりに、身勝手な振る舞いをしていた。

己の浅慮《せんりょ》を恥ずかしく思い、周囲の気遣いに感謝するとともに、明日からは程度をわきまえようと心に誓う。

「申し訳ありませんでした……。今後は、ご心配をおかけしないように気をつけます」

「わかればいい」

ロキはやっと表情を弛《ゆる》めると、ナザールの細い腰を抱き寄せて胸粒を口に含んだ。

絞り上げるように胸を下から鷲《わし》づかみにされ、ぽたぽたと垂れる乳がロキの舌に流れ落ちた。

「ほら、眷属に与えすぎてこれだけしか残っていない。今夜もたっぷりと種を仕込んでやる。溺《おぼ》れるほど俺を癒してもらうぞ」

露悪的《ろあくてき》な表情で宣言され、ナザールの頬が染まる。

「はい、ロキさま……」

再び深く口づけられた。ロキの厚い舌はナザールの口腔《こうこう》を犯すように荒々しく舐め尽くし、呼吸すらままならない。

混じり合った蜜が口端を伝い、白く細いのどを流れるあえかな感触にすら身震いした。

「ふ……、ん、ぅ……」

溢れる唾液を飲み込まされるごとに、ロキの匂いに染まっていく気がする。

ロキは片手でナザールをきつく抱き寄せ、もう片方の手で背から腰を撫で下ろしていく。大きな手のひらがナザールの片尻をぐっとつかみ、力強く揉《も》みしだいた。

「あ、ん……」

心地よさに、吐息が漏れた。

やわらかな肉は悦《よろこ》んで男の手に吸いつき、ロキも感触を楽しむように強弱をつけては、下から肉を寄せ上げたり、ねっとりと撫で回したりする。

「ナザール……」

愛しげに名を呼ばれ、心が震えた。

尻から腿裏を持ち上げる手に導かれるまま、ロキの太い腿を跨《また》ぐ格好を取らされる。そうすると、ナザールの雄をロキの腿に擦りつける形になってしまう。

硬く張りつめた自身をいやでも自覚して、羞恥と興奮で脳に霞《かすみ》がかかった。

ロキの手がナザールの臀部《でんぶ》を揉むたび、自分の男根が硬い男の体で刺激されてえも言われぬ快感が湧き上がってくる。

「……ぅ、ぁ、ぁ……、っ、んん……」

ナザールは口づけと快感に夢中になって、自ら舌を伸ばしながら下肢をロキの体で扱《しご》く。

花嫁の淫らな腰使いに、ロキも雄を滾《たぎ》らせた。

「もっと乱れろ、ナザール。邪神の花嫁らしくな」

傲慢《ごうまん》な言い方に心が蕩《とろ》ける。

自分はロキの、邪神の花嫁なのだ。もっともっと淫らに咲いて、彼を悦ばせたい。

腰をくねらせてさらに雄を扱き上げると、先端から零《こぼ》れた透明な蜜が衣を濡らし、摩擦で淫靡《いんび》な匂いが立ち昇る。

くちゅくちゅと音が立つのがいやらしくて、余計行為に没頭した。

ロキの指が、ナザールの双丘の狭間《はざま》に滑り込む。

「は、ぁ……、ん！　んぅ……っ」

肉襞《にくひだ》を指でなぞられた瞬間思わず離れかけた唇を、強引に塞がれてきつく吸われる。頭の芯がくらくらと揺れた。ロキは腿でナザールの肉茎のつけ根を押し上げて刺激する。

「ああっ、ぁ、ぅ……、ぅ、ぁ、ぁぁあああ……！」

唇が離れそうになるたび叱るように噛みつかれ、また蹂躙《じゅうりん》される。

ぐりぐりと腿でこねられて湧き上がる快感に、布に先端が擦れるたび陰茎に走る鮮烈な快楽に、きつく閉じた目の奥で白い火花が散った。

ほとんど唇を離さないまま、ロキが囁く。

「このまま俺の脚に擦りつけて達してみせろ」

淫猥《いんわい》な命令に肌が粟立《あわだ》った。

ロキの体を使って自慰をしろということだ。恥ずかしい、そんなこと……。

なのに。

「ん……、ぁ……、ロキ、さま……っ」

体が勝手にロキに縋《すが》り、命令に従ってしまう。

ナザールの快楽はロキへの捧げもの。

たくましい体にしがみつき、陰茎をロキの体により密着させて腰を揺り動かした。

「く……、ふっ……」

ナザールの喘ぎも呼吸も、ロキの男らしい唇が奪っていく。息苦しさが、羞恥と興奮を倍増させる。

苦しい……、気持ちいい……。

恥ずかしいのに、やめられない。

ロキが悦ぶから。彼を愛しているから。

「う……」

白い衝動が駆け上がる。腰の動きが激しくなる。

体が熱い。熱い――気持ちいい！

「あ……、く……、で、でるっ……、ロキさま……っ、あ、あああ、あ――……！」

ロキの背中にきつく爪を立て、精を解き放った。

下衣の中で、生温かい感触がぬるりと広がる。

「あ……、あぁ……………」

体中の力が抜けて、ずるりとロキにもたれかかった。

全身が心臓になったように、どっくどっくと熱く脈打っている。精と汗の入り交じった匂いに酔ってしまいそうだ。

「よくできたな。そんなに俺が愛しいか。可愛い奴だ、ナザール」

くずおれるナザールを抱き留めたロキが、目尻に口づけながら褒めるように髪を撫でる。

嬉しい。

羞恥と喜びで潤む瞳でロキを見上げれば、吐精の余韻で半開きになってしまった唇のすき間から指を入れられた。

そのまま舌を撫でられただけで、はしたなくも陰茎が跳ねてしまう。反射的に閉じてしまった唇に指を出し入れする動き方がいやらしくて、瞳が細まる。

ロキを見つめながら男根を含まされているようで恥ずかしい。

「……キ、……ま……」

舌の奥まで撫でられると、快楽が陰茎に滑り落ちる。達したばかりの陰茎がちくちくと疼いて、下腹がきゅうっと絞られるように熱を持ち始めた。

口の中が敏感なのは知っていたけれど、まさかこんなに感じるなんて。

ロキの指の動きが速くなるごとに快感が膨れ、もう目を開けていられない。まぶたが閉じると反対に、ついに開いた口から喘ぎが漏れてしまった。

「あ……、もぅ……」

くっと体を折り曲げ、ロキに縋った。

蕩けた瞳でロキを見上げれば、ナザールのわななく唇をゆっくりと濡れた指が往復する。

「舐めたそうな顔をしているな」

ぞくん、と背筋が痺れる。

――舐めたい。

言葉にしなくとも、瞳を覗かれればナザールの想いはロキに伝わってしまう。

ロキは愛しげに唇を重ねると、強すぎない力でナザールの頭を押して己の下肢に導いた。ぎしり、と寝台を軋《きし》ませながら、ナザールは膝立ちになったロキの前に膝をつき、下穿きを寛げてすでにいきり立った剛棒を取り出した。

自らの手で取り出す、という行為に心臓が痛いほど高鳴る。

ロキの全身には禍々《まがまが》しいほどの彫り物が施されているが、この太い茎さえも鮮やかな文様が彩《いろど》っている。

たくましく膨れた先端を口に含むと、とても熱く感じてすぐにとろりとした官能の蜜に搦《から》め捕《と》られていった。

「ん……、あつい……」

ロキの肌は、その褐色が示す通りナザールより熱い。皮膚の下で力が漲《みなぎ》っているようだ。

ナザールの小さな口には余る巨《おお》きさの男根を、のどを開いて極力奥まで呑み込む。雄茎の根もとから中ほどまでを手で扱きながら、蜜を吸い出すように吸引した。

「上手《うま》いぞ」

薄笑みを浮かべたロキが、褒めるようにナザールの頭を撫でた。

最初は下手だった口淫も、回数を重ねるごとにロキを悦ばせられるようになった。そうするとナザールは嬉しくなって、ますます奉仕に熱中する。

「ロキ、さま……、んぅっ……！」

頭を押さえられ、強引にのど奥を突かれると意識が白く弾け飛ぶ。涙と嘔吐感がせり上がるのが、苦しいけれどとてもいい。

一見乱暴な仕草《しぐさ》も、ナザールが望んでしまうからロキが応《こた》えているのだと知っている。

淫靡な苦しみと蕩けるほど甘やかされる悦びは、どちらもナザールを夢中にさせた。

「く……、ん……、んん……」

突かれるたび、なにも考えられなくなる。ナザールの世界にロキしかいなくなった。

「もっと感じろ、ナザール。おまえの悦びが俺の力の源だ。いやらしい姿で俺を興奮させろ」

傲慢で恥辱的な命令に恍惚《こうこつ》となって、自分の脚の間で硬く勃ち上がった肉茎を、無意識に手で扱き立ててしまう。

一度達して蜜まみれの雄蕊《ゆうずい》は、ぬちゃぬちゃと音を立てて耳からもナザールを犯した。

雄を頬張りながら、自慰に耽《ふけ》る羞恥。

こんなに恥ずかしい姿、愛する夫にでなければ見せられない。

口に含んだ陽物《ようぶつ》も、手の中の屹立も、全身も、熱くて熱くて淫靡な汗が肌を覆う。

「ナザール……」

吐息混じりに名を呼ばれ、ロキのたくましいもので貫かれたがる肉襞がじんじんと疼いた。

もの欲しげに見上げてしまったナザールを焦《じ》らさず、ロキはナザールの細い体を寝台に横たえた。

ナザールの痴態《ちたい》に興奮を高めたロキの熱い息が首筋にかかる。衣服を剝かれ、晒された赤い乳首をロキが舐め上げた。

「……っ、あ、あん……」

どうしてだろう、眷属にどれだけ吸われようともそんなふうにならないのに、ロキだと思うと泣けるほど感じる。

匂い立つようにほのかに染まる白い肌を、ロキが丁寧に愛撫していく。

蜜に濡れて反り返った雄蕊を口に含まれたときは、高い声が上がった。

「あ……、あ……、や……」

いつもロキに口淫されると、神に奉仕させているのだという畏怖《いふ》に震えてしまう。しかもナザールの精で汚れているのに……。

「美味《うま》い」

厚い舌でべろりと茎を舐め上げるロキと目が合ってしまい、一瞬で脳が熱くなった。

思わず視線を逸《そ》らすと、ロキに軽く茎に嚙みつかれる。

「あっ……！」

「目を逸らすな。見ていろ」

おそるおそる視線を戻せば、色づいたナザールの屹立越しに、わざと淫猥《いんわい》に口を開いたまま舌を伸ばすロキの顔が見える。

見つめ合いながら舐められる興奮に、心臓が痛むほど弾んだ。

同時に、ロキの指がナザールの内側を探りながら潜《もぐ》り込んでくる。

「う……」

それだけで存在感のあるロキの指がゆっくりと往復し、奥深く秘められた快楽の源を撫でられたときは腰が跳ねた。

「ひ……！　あ、ああ、そこ、は……！」

「好きだろう？」

ひくひくと震える肉襞を指で犯しながら、口は陰茎をずっぷりと奥まで呑み込む。

ロキの口内は熱く濡れていて、雄茎全体を搦め捕られるような快感に、まぶたの裏で白い火花が弾ける。

そのまま厚みのある唇で茎全体を扱きながら舌先で精路の小孔をくじられれば、あまりの快楽に腰をくねらせながら身も世もなく啜《すす》り泣いた。

「ああっ、ああ、ロキさま……！　だめ……！」

腫れた肉茎を執拗《しつよう》にしゃぶられ、涙を零しながら頭を打ち振るう。勃ち上がった乳首が陰茎と同じくらい感じて、白い蜜を浮かばせながら切なく震えた。

淫洞《いんとう》がのどが渇いているように精を欲して、絞り上げたがってロキの指を締めつける。

「そんなにしがみつくな。ゆっくり可愛がってやろうと思ってるのに、俺も欲しくなってしまうだろう？」

うっそりと笑うロキの色香にめまいがした。

指を咥え込んだ肉環を舌でぐるりと舐められ、よさにため息が漏れた。

揺らした指で小刻みに肉壁の内側の膨らみを刺激されて湧き上がる快感に、自然につま先が敷布をこする。

波のように打ち寄せる快感に、勝手に唇がねだった。

「もう……、ください……」

言ってしまってから、ハッと唇を両手で覆う。

――なんてはしたない！

首まで赤く染めたナザールに小さく笑ったロキは、白い腿に口づけてから指を引き抜いた。

「今夜はどの形で抱いてやろうか」

ロキが好きなのは、ナザールを向かい合わせに抱きながら胸粒を口に含める形だが……。

「この形だな」

体を返され、寝台に両手両足をつく格好を取らされる。

「ロキさま……」

ロキに向かって尻を突き出す、まるで挿《い》れてくださいと懇願するような、ナザールにとっては
この上なく恥ずかしい体位だ。

そして、もっとも奥まで貫かれる体位。

体の深い場所に精を放たれる快感と羞恥が絡まって、ナザールはいちばん感じてしまう。

ナザールの背に覆い被さったロキが、耳朶《じだ》に口づけながら囁く。

「夫に心配をかけた罰だ。今夜は精を注ぎ尽くすまで離してやらん」

甘い罰の宣言に、腰の奥がとろりと濡れた気がした。

「はい……」

ロキの唇が背筋を通って下りていくと、こそばゆい快感に背がしなる。

双丘を両手でつかんで横に広げられ、思わず敷布に顔を埋めた。晒された肉孔にロキの視線を
感じ、羞恥でどうにかなってしまいそうだ。

肉襞に口づけられる。

「あっ……！」

そこは何度されても慣れない。

指でほぐされた狭道《きょうどう》に、尖らせた舌が潜り込んできた。

「やあっ、ああ……！」

指とも男根とも違う、濡れた軟体が肉の環をずぷずぷと往復する。

「だめ……、だめです……、あ、あ……」

だめだなどと口で言っても、よさに蕩けて抵抗などできない。

体の内側まで味わわれる恥辱に、自分はロキのものなのだと強く感じさせられる。自分のすべてはロキのもの。

そして――――。

「おまえの体は、どこも美味《びみ》だ」

口もとを拭《ぬぐ》ったロキが、天を衝《つ》く剛直をナザールの襞口に押し当てる。首だけねじって肩越しにロキを見れば、獣欲に瞳をぎらつかせたロキと視線が合った。

自分の想いが、ロキの心に流れ込んだのがわかる。

ロキは唇を愛しげに弛め、

「俺も、おまえのものだ」

言いながら、太りきった肉棒をゆっくりとナザールに沈めてくる。

「あ……、あ、あぁ……」

熱塊《ねっかい》が臍《へそ》の奥で脈打つ。

ロキが守り神だと、町の民のものだと知っている。でもいまこの瞬間はナザールだけのもの。

「くぅ……、ぅ、あ、あああ……っ、ああ、そこっ……！」

肉槍の先端で最奥《さいおう》を甘くかき混ぜられると、快感が泉のように湧き上がる。引き抜かれれば追い縋る粘膜が淫らに捲れ上がり、押し込められては悦楽の涙が散った。

ロキだけで満たされる喜びに、身も心も高みまで駆け上がる。

昂った陰茎が自身の腹を叩くほど反り返り、穿《うが》たれるごとに身の内に溢れる快楽が血の道を通って胸先に集まるのがわかる。

後ろからナザールの耳朶に噛みついたロキが、律動を激しくした。ナザールの中で、ロキの雄がいっそう硬く、ぐんと角度を上げる。

「ひ、ぁ……！」

力強い手で下から片胸を鷲づかみにされ、指の間に挟んだ乳首をぐりぐりとこねられて鋭い快感が脳まで突き刺さった。

「やぁあっ、ロキさま……、ロキさま……っ！」

快楽で腫れ上がった淫道《いんどう》の弱みと、尖るほど勃ち上がった陰核のような胸芽《むねめ》。同時に責められ反射的に逃げを打つ腰を、雄茎をつかまれて引き戻される。

腰の動きに合わせて絶妙に扱き立てられ、めくるめく快感に没入した。

ロキの雄がぶわりと膨らむ。

「ナザール……！」

腹の奥で灼熱《しゃくねつ》が弾けると同時に、ナザールの乳首と陰茎から白蜜が迸《ほとばし》った。

「あああ――…………っ！」

搾《しぼ》られた乳が、ロキの手指の間から噴き零れる。

そのままやさしく揉まれて、心地よさにため息を漏らした。乱れる息と相まって頭がくらくらした。

ずるりと褥《しとね》に沈んだナザールの首筋や肩口を、ロキの唇が労《いたわ》るように撫でる。

「愛している、ナザール」

きゅう、と胸が疼いた。嬉しくて愛おしくて、自然に口もとが弛む。

「わたしも愛しています」

滴《したた》り落ちる乳が敷布に染み込んでいくのに気づき、そっと手で胸を押さえる。

ロキはナザールの手を取り、指に口づけた。

「いつも言っているだろう、止める必要はない」

「でも……」

翌朝には乾いた乳が敷布にこびりつく。精よりよほど量の多いそれは、ナザールがどれほどロキに感じたかの証《あかし》になってしまう。

「恥ずかしい、です……」

「なにを恥ずかしがることがある。花嫁の褥が汚れるのは、それだけ神に愛されている証だ。むしろきれいなままでは洗濯係の眷属が心配するぞ」

そうだろうけれど。

人間とは考え方の違う彼らは、近親同士ですら愛し合う行為を公然とする。慰めのために、もしくは純粋に性を楽しむために体を重ねることをためらわない。ハクとジダンがそういう意味で床《とこ》をともにすることもあると知っている。

それでも、ナザールはどうしても秘めごとを堂々と晒すことに慣れない。

「まあ、そこもおまえの可愛いところではあるが」

頬に口づけたロキが、ナザールの体を返して仰向《あおむ》けに寝かせる。

両手で膝を割り、まったく硬度を失わない肉杭でナザールを貫いていった。

「う……、あ……」

腰を揺り動かされ、再び快楽の波に呑み込まれていく。

ロキの熱い精で濡らされた粘膜が、もっともっとと吸着してみっちりと絞り上げる。

「神は花嫁がいてこそ完全な存在になる。おまえが俺を癒し、俺の力になり、眷属を育て上げる。おまえがいなければ、俺は神でいられない」

そんなことない。

ロキは彼だけで完璧だ。

「自分自身を誇れ、ナザール。おまえは美しい。深く愛されている」

讃えるような視線で瞳を覗き込まれ、唇が震えた。

強く美しい神。愛する夫。

彼に必要とされる喜びに、体奥から情熱が湧き上がってくる。ロキの深い愛を感じながら、ナザールは何度も寝台に白蜜を迸らせた。

2.

まぶたにやわらかいものが触れる感触で、ナザールの意識が浮上した。

まつ毛を上げると、彫り物に彩られた男らしいロキが、ほほ笑みながらナザールを見つめていた。ロキを見ると、ナザールも自然とほほ笑んでしまう。

「おはようございます」

ロキはほとんど眠らない。

毎朝ロキの腕の中で目覚め、最初に彼の顔を見る。この上ない幸せな目覚めだ。

温かな手のひらで頬を撫でられ、甘酸っぱい気持ちが胸を満たす。

そのまま褥の中で口づけを交わしたり、肌の感触を楽しんだりして、ゆったりとした時間を過ごしてから体を起こした。

「湯殿に行ってまいります」

神であるロキは体を洗わずとも清潔を保てるが、ナザールはそうはいかない。

寝台から下りかけたところで、背後からロキに抱きしめられた。ロキはきらきらと光るものをナザールの首にかけた。

「ロキさま、これは？」

見下ろすと、花の形に加工した白蝶貝《しろちょうがい》を金の鎖にあしらい、中心に大粒のサファイアを配した豪華な首飾りだった。

「誕生日の祝いだ。おまえの瞳によく映《は》える」

「たんじょうび……」

言葉が頭に染み込むまで、数秒かかった。

生まれたときから家族に虐げられてきたナザールは、育ててくれた乳母《うば》からしか誕生を祝ってもらったことがなかった。

とはいえ、邪視の忌み子を堂々と祝うことはできなかったので、小声での祝いの言葉とひと口で食べられる菓子をもらっただけだったけれど。

もちろん、ナザールにとっては涙が出るほど嬉しかった。大事な大事な思い出だ。

その乳母もナザールが十三のときに亡くなり、以来誰からも祝ってもらったことはない。誕生日といえば、双子の妹のラクシャを盛大に祝う日でしかなかった。自分は狭い部屋の片隅で、壁越しに祝いの声を聞いていただけ。

一年前の十八の誕生日も、神に嫁ぐラクシャへの祝いの声を聴きながら、裏庭でひっそりと妹の幸せを祈っていた。そしてその日にロキに見初《みそ》められたのだ。

「おまえが生まれてきてくれたことに感謝する」

ぽろりと、涙が零れるのが先だった。

それから深い感動に身を震わせた。

自分ですら忘れていた誕生日を祝ってもらえるなんて。生まれてきたことを喜んでもらえるなんて。

気づいたときには、振り向いてロキの唇を奪っていた。

「……キ、さま……、ロキさま……！」

胸がいっぱいで、それしか言えない。

ロキはわかっていると言いたげにナザールを抱きしめ、口づけに応える。

「ロキさま……、嬉しい……」

震える体が止まらない。

泣きながらロキにしがみつく。

生きてきてよかった。ロキに出会えてよかった。

生家での生活は辛いことの方が多かったはずなのに、そんなこともう思い出せない。出来事としては覚えていても、もうナザールを傷つけない。

泣きじゃくるナザールの涙を唇で拭いながら、ロキが尋《たず》ねる。

「これは俺が贈りたいものだ。おまえが欲しいものはあるか？」

これ以上を望んだら罰が当たる。

けれど、今なら昨日芽生えた欲を口に出してもいい気がした。

「わたしが……、ロキさまのお子を授《さず》かることはできるのでしょうか……」

ロキは意外そうにナザールを見下ろした。

そんな視線に、恥ずかしくてうつむいてしまう。やはり図々しかったか。自分の子にも乳を与えられたら、と淡い期待を持っていたけれど。

「子か……。考えたことはなかったな」

ロキは珍しく申し訳なさそうな表情で、ナザールの髪を撫でた。

「人間に神の子を宿すことはできん。それは女であってもだ。おまえが男だからではない。せっかくねだってくれたのに、叶えてやれなくてすまぬな」

「いいえ！　いいえ、ロキさまのお子も同然の眷属を育てられるだけで、満足しております。求めすぎました、お許しください」

ナザールは頭を振って、不遜《ふそん》を詫びた。

ロキに謝らせてしまうなど、なんということ。

ロキにバラーという祖父神がいたように神も子孫を作ることは可能なのだろうが、それは人間が産めるものではないのだ。

「どうしても俺の子ができぬというわけではないが、もし子を産めるとしたら……」

「え？」

子ができる？

ロキはにやりと笑って、ナザールの顎を指でくすぐった。

「俺の方だ」

ナザールは呆けた表情で、唇を半開きにした。

「…………わたしが、ロキさまに精を注ぐのですか……？」

自分にもその器官はついているけれど、ロキを組み敷くなど、まったく想像できない。

あまりの意外さに、思わず涙も止まった。

ナザールの表情がおかしかったのか、ロキは豪快に笑った。

ひとしきり笑い終えて、愛しげにナザールを見つめる。

「そうは言っておらぬ。神は必ずしも誰かの腹から生まれる必要はない。神同士なら腹にも宿るが、大抵はなにかのきっかけで神として新しく誕生するか、神自身が分裂するようなものだ。実際、俺の父神もバラーの爪から作られた。俺は父の右目から生まれたし、母も祖母もいない。神とは本来孤独な存在だ」

そういえば、神の血が飛び散った場所に土地が生まれたり、髪や体の一部から子神が作られたという話を聞いたことがある。

ただの神話だと思っていたが、本当にそんなふうに神が生まれるなんて。

「そうなのですね……。もの知らずで申し訳ありません」

生まれてからほとんど乳母としか言葉を交わしたことのなかった自分は、乳母の話がただの物語なのか事実なのか判断できていない部分がある。神の花嫁にふさわしいよう、もっともっと勉強しなければ。

「だから人間のように、愛する対象として子が欲しくなるわけではない。だが家族の代わりに眷属がいる。俺にとって大事なのは眷属と……」

ロキは楽しげに笑いながら、ナザールを抱きしめる。

「いちばん大事なのはおまえだ、ナザール。ただでさえ眷属たちにおまえの時間を取られているのに、子ができておまえを独占されたらたまらん。本当なら二十四時間おまえを手放したくないんだぞ。おまえの心には俺だけがいればいい」

自分の子にさえ嫉妬《しっと》するような発言に、ナザールの心がくすぐったくなる。

孤独という言葉に、ロキの寂しさを見た気がした。

子のことは、自分にはどうにもできないことだ。余計なことを考えず、眷属を育てて増やすことに専心しよう。彼が寂しくないように。

そして自分はなにがあっても彼の側にいる。

「さあ、体を洗ったら食事にしよう。せっかくだから、今日はその首飾りをつけていてくれ。それに似合う豪華な服も」

そう言ってからロキは目を細め、

「もっとも豪華なのはおまえの美貌だから、裸身にそれだけを身に着けているのが最高だがな。それでは他の者たちにおまえを見せびらかしてやれぬ」

上から下まで、賞賛するようにナザールを眺めた。

手放しの賛辞に、ナザールの頬が真っ赤に染まる。ロキの視線から逃げるように、急いで湯殿へ向かった。


湯上がりには、用意されていた豪奢《ごうしゃ》な絹の服を纏った。髪も美しく結《ゆ》ってもらい、鏡を覗けば、まるでどこかの王族のようだった。

「美しいぞ、ナザール」

贅沢に慣れていないナザールには面映《おもは》ゆいけれど、ロキが喜んでくれるなら嬉しい。

「ありがとうございます」

ロキに手を取られ、一緒に食堂へ向かう。

一歩足を踏み入れて驚いた。

「ナザールさま！」

ハクとジダンを筆頭に、一堂に会した眷属が一斉にナザールの側に集まった。テーブルには、ありとあらゆる豪華な料理が載っている。

「え……、え？」

目を瞬いたナザールに、眷属の少年少女がひと抱えもある美しい花束を差し出した。

「お誕生日おめでとうございます、ナザールさま。ロキさまの花嫁さまになってくれて、ありがとう」

周囲からも、「おめでとうございます」と声が上がる。

花束を受け取りながら、じわじわと感動が盛り上がって泣きそうになった。自分の誕生を、大勢が祝ってくれている。

想像もしていなかった喜びに、胸がいっぱいですぐには言葉が出なかった。

花束をくれた一人一人の頭を撫で、感謝を込めて額に口づけた。

「いたらないところもあると存じますが、精いっぱいお世話させていただきます。どうぞ、みんな健《すこ》やかに……」

どうやったらこの恩に報いることができるだろう。

彼らが愛しているのはナザール自身ではなく、〝神の花嫁〟という存在かもしれない。それでもいい。自分は全力で彼らに尽くす。それがナザールの生きがいだから。

「今日は祝いの日だ。おまえたちも飲め」

ロキの号令を受け、それぞれが酒や料理を楽しみながら、かわるがわるナザールに祝いの言葉を贈る。ナザールも一人ずつに丁寧に礼を返していく。

酒が進めば、歌い踊る者まで現れた。

ナザールもよく笑い、心から楽しんで、慣れぬ酒も口にした。やはり酒でほのかに酔ったハクとジダンが、ナザールの右と左の頬にそれぞれ口づける。

「成人してからはナザールさまの乳をいただく機会もありませんが、懐かしい味をたまには味わいたいですね」

酒のせいか周囲の雰囲気に呑まれてか、ハクは大胆なことを言う。成人してしまえば、それはもうただの嗜好品だ。

見目《みめ》麗《うるわ》しい青年にそんなことを言われ、ナザールは頬を染めた。

「それは……」

離れた場所にいたはずなのに、すかさず戻ってきたロキが割り込む。

「こら、俺が見ていないと思ってナザールを口説くな。おまえもこんなガキどもに隙を見せるなよ」

口ではそんな言い方をするが、ロキも笑っている。嫉妬深い神も、眷属とナザールの関係を疑うことはない。

それだけ信頼されているのだ。ハクとジダンもそれをわかっているから、ロキに聞かれても構わないと軽口を叩く。

「次々赤子が生まれているので、もうおれたちのぶんなど残っていませんよ。ご心配なく」

「ですがナザールさまをお慰めする機会があれば、ご満足いただけるよう誠心誠意奉仕させていただきます」

神の花嫁の体は情欲が溜まりやすく、数日愛されなければ媚毒を盛られたように身悶《みもだ》えてしまう。それはナザールの意思とは無関係にだ。

「うるさい、おまえたちは互いにまぐわって欲を解消していろ」

視線を合わせたハクとジダンは、酔った勢いからか、見せつけるように唇を合わせた。

驚いたナザールの心臓が鳴る。同じ顔をした青年たちが口づける画は淫靡で、思いがけず情欲を誘われる。

見てはいけない気がして視線を逸らしたナザールの視界に、大きく開いた食堂の扉から四人の男女が入ってくるのが見えた。

ざわり、と空気が揺れる。

眷属の誰かが、「夜伽衆《よとぎしゅう》だ……」と呟いた。

――夜伽衆……？

不安がじわりと腹の底で渦《うず》を巻いた。

男性と女性はそれぞれ二人ずつ。

女性の魅力を詰め込んだような曲線美を持つ迫力ある美女を先頭に、どれも独特の霊気を纏ったような美貌の男女である。

ロキの眷属の象徴である赤い文様をくっきりと浮かばせた華やかな集団に、思わず目を奪われた。だがナザールは彼らを見たことがない。

ジダンとハクが先頭の美女に向かって、

「「母上」」

と言ったことに驚いて、集団を見た。

双子の母だという、額の中心に文様の入った女性が、妖艶《ようえん》な笑みを浮かべて近づいてくる。

高く結い上げた灰色の髪に、青い瞳。赤く塗られたふっくらとした唇。豊満な肢体から、匂い立つような大人の女の魅力が垂れ流れている。男なら誰しも目を奪われずにいられない。

女性はハクとジダンの頬に浮かんだ文様を撫で、濃厚な色香を持った赤い唇を横に引いた。

「立派に育ちましたね、ハク、ジダン。この素晴らしい精気……、花嫁さまの初乳をいただく栄誉を授かった様子。母も誇らしいですよ」

「ありがたいことに、みなが眠っている間、ロキさまのお側に仕えていたのは俺たちだけでしたので」

「あなたたちが世話役として残れたのは僥倖《ぎょうこう》でした」

女性は鷹揚《おうよう》に頷き、ロキに向き合い片膝をついて頭を下げた。

「お久しゅうございます、ロキさま。ご挨拶《あいさつ》が遅れて申し訳ございません。やっと眠りから目覚めることができました」

女性の背後で、他の三人も床に膝をついて頭を垂れた。

「久しいな、リリアナ。おまえたちは他の眷属より力が強かったぶん、強力に眠らされたのだから致し方あるまい」

「我ら夜伽衆、またロキさまと花嫁さまにお仕えしとうございます」

リリアナは顔を上げると、ナザールを見た。他の者もそれに倣《なら》う。

「花嫁さまのお勤めが辛いときはわたくしどもがロキさまのお相手を致しますゆえ、花嫁さまはごゆるりとお過ごしください。ロキさまが不在の折には、ご指名の者が御身《おんみ》をお慰めもいたします」

不安がむくむくと膨れてくる。

もう一人の若い女性も形のいい胸と尻にねじり上げたような胴のくびれを持ち、男性は年長が知的な風貌、もう一人が小柄でありながら均整の取れた美しい筋肉を纏っている。

誰を取っても、隙のない完璧な美男美女ばかりだ。それぞれが自信に満ち溢れていて、自分とはまったく違う。

こんな彼らが、ロキの夜伽を務めていた……？

ロキはのど奥で低く笑うと、ナザールを抱き寄せた。

「申し出はありがたいが、俺はもうナザール以外抱く気はないし、ナザールを抱かせるつもりもない。おまえたちには、町と民を守ることに注力してもらおう」

夜伽衆はナザールを見て、うっとりと瞳を細める。その表情に敵愾心《てきがいしん》などは微塵《みじん》も感じられない。

すいと優雅な動作で近づいてきた知的な風貌の男性に手を取られ、指先に口づけられた。

「ハルラールと申します。なんとお美しい花嫁さまか。こんなに美しい方を見たことがありません。ロキさまがご執心されるお気持ちがよくわかります。お仕えできて光栄です、ナザールさま」

他の夜伽衆も、次々ナザールの指先に忠誠の口づけをする。

「ヴェロンダ」

「ラヴィ」

そして最後はリリアナが口づけた。

戸惑ったナザールは言葉を返すこともできず、ただされるがままになっていた。

ナザールの肩を抱いたロキが、安心させるように体を揺さぶった。

「不安か、ナザール？　心配するな、こやつらは忠誠心が篤《あつ》い。決しておまえを襲ったり、命に背くことはない。俺を誘惑することもな」

彼らの様子を見れば、ロキの言葉が真実であるとわかる。

それなのに、過去にロキがこの美しい男女と関係を持っていたと知ると、胸の中に嵐が起こっているかと疑うほど心が荒れ狂う。

神は力が強ければ強いほど精力旺盛なものだ。一族の繁栄と性行為は切り離せない。若く力に満ち溢れていたロキの精を受け止めるのは、花嫁一人では難しかったのだろう。

そしてリリアナの言葉から、過去の花嫁たちは彼らに情欲を散らしてもらうことがあったのだと知ったことも衝撃だった。

そういえばいつかロキが不在だったときに、ハクとジダンがナザールを慰めようとしたことがある。きっと彼らにとっては当然の務めに違いない。

頭では納得できる。

でも……、でも……。

「母上。ナザールさまは一夫一妻の倫理観をお持ちです。伽《とぎ》も必要ありません。はるか昔のことはいえ、そういった話は今後お控えください」

ナザールを敬愛するジダンは、母に対してもきっぱりと言い放つ。

リリアナは殊勝《しゅしょう》に頭を下げた。

「もちろんですとも、ジダン。ナザールさま、どうぞお許しくださいませ。わたくしが軽率でした」

「い、いいえ……」

リリアナを直視できず、視線をうつろわせた。

大事な眷属が復活してきたのは喜ばしいことのはずなのに、過去のことだと割り切れず、これほど動揺してしまう自分の狭量《きょうりょう》さを恥じた。

神の花嫁たるもの、もっと心を広く持たねばならぬ。

強く自分に言い聞かせ、口から飛び出そうな不安をこくりと息を呑んでやり過ごした。

花を散らした褥で、ナザールは枕に顔を埋めた。

ロキがかつて何人もの娘を捧げられ、花嫁として娶《めと》ってきたことを知っている。だがそれは何百年も昔の話で、ナザールがその娘たちと顔を合わせることはない。

だからほんの少しの嫉妬は感じていても、過去は過去として受け止めていた。

けれど夜伽衆が現れたことで、どうにも落ち着かないでいる。愛人も同然だった存在が目の前にいるのだ。ロキの手が、あの体に触れた……。

ロキがナザールの髪をかき上げ、こめかみに唇を落とす。

「ナザール、こっちを向け」

ナザールは枕に顔を押しつけたまま、首を横に振った。いま醜《みにく》い自分の心を見られたら、羞恥で死んでしまいそうだ。自分がこんなに嫉妬深い人間だと知らなかった。

「俺の花嫁はおまえだ。どんな美女だろうと、性技に長《た》けていようと、もうおまえ以外に抱く気は起きん。俺が信用できぬか？」

ありがたい言葉をいただいていながら、顔を上げられない。くぐもった声で、かろうじて返事をした。

「……信用しています」

ロキが自分を裏切るとは思わない。

ただただ、自分の貧しい心根に恥じ入っている。たしかにロキと心が繋がっているとわかっているのに、こんな狭量な自分はロキにふさわしくない。

「こんなことを言ったらおまえは怒るかもしれないが……」

ロキがどこか楽しげな声で囁く。

「おまえが妬《や》いてくれて嬉しい」

ぴくり、と肩を震わせた。

嬉しい？

「俺はすべてにおいて寛大な神ではない。俺だったら、過去におまえと関係を持った奴が現れたら焼き殺しているところだ。おまえが望むなら、夜伽衆を消滅させてやろう」

「やめてください……！」

非情な発言に、ついロキを振り仰いで叫んだ。

自分の醜い嫉妬であの美しい眷属たちが殺されるなど！

穏やかに笑うロキと視線が合って、ナザールはみるみる頬を赤くさせた。ナザールに顔を上げさせるために、わざとあんなことを言ったのだ。

ナザールの心の奥底まで、すべてロキに見透かされてしまった。

「本当に、おまえの心は澄んでいて美しい。夜伽衆など邪魔だろうに、あれらを害そうとは微塵も思っておらぬ」

「邪魔なんて……」

自分の気持ちはどうあれ、それが彼らの役目だったのだと理解している。苦しいけれど、彼らが罪を犯したわけではないのだから。

「俺がおまえのことに関してどれだけ嫉妬深いかわかるか。おまえが姦淫でもしようものなら、相手を躊躇《ちゅうちょ》なく縊《くび》り殺してやる。もしもそれがハクかジダンだったとしてもだ」

長く一緒に暮らし、家族も同然のハクやジダンにさえ……。

物騒《ぶっそう》だが情熱的な束縛に、じわりと体温が上がる。

ロキはナザールの頬を撫で、うっとりとした笑みを浮かべた。

「瞳を覗くたびに、俺はおまえに夢中になる。誰にもこんな感情を持ったことがない。もうおまえしか愛せない。俺が愛しているのはおまえだけだ、ナザール」

腹底にわだかまる黒い塊《かたまり》が崩れ始めるのを感じた。

ロキはナザールを腕に閉じ込め、ぎゅっと抱きしめる。

「おまえはまだ自分の感情を殺しすぎる。言葉にしていい。苦しかったら、辛いと俺を責めていいんだ」

過去のことを責めるほど理不尽になれない。

けれど……。

「他に苦しいことはないか？」

眷属ならば兄妹ですら体を繋ぐこともある。だから彼らとナザールの常識は違う。

だが神の一族の常識に合わせろと言うのではなく、ナザール自身の気持ちを言っていいのだというロキの言葉に甘えた。

「……もしロキさまが不在になることがあるとして、わたしが情欲に苦しんだとしても、わたしは他の人に触れられたくありません」

夜伽衆はかつての花嫁を慰めたことがあると言っていた。ハクとジダンも、挿入こそ許されなかったものの、指と舌でナザールの熱を鎮《しず》めるようロキに命じられたことがある。

でも自分はどうしてもロキ以外と性的な行為をしたくない。

ロキはナザールを抱く腕に力を込めた。

「わかった。おまえが辛くて一人ではどうにもならなかったらと思っていたが……。張り型を使って自分を慰められるな？」

ロキの腕の中で、ナザールはびくりと震えた。ロキが不在だった折に、彼の剛直を模《も》した道具で自慰をしたことがある。

思い出すだけで顔から火を噴きそうなのに、本人に知られているなんて。

硬直してしまったナザールに、ロキは楽しげに笑う。

「おまえが俺を想ってくれて嬉しいぞ。もっとわがままはないのか。空中でまぐわいたいとか、ひと晩で百回気をやりたいとか」

「壊れてしまいます……」

して欲しいと言ったら、ロキは本当にしようとするだろう。

それほどまでに愛される喜びに、あれほど苦しかった嫉妬はきれいに溶け、代わりに体中が深い愛情で満たされた。

ロキがナザールの顎を取り、やさしく口づけてくる。

「ふ……」

ロキは口づけのときに目を閉じない。ナザールも今日はロキの瞳を見つめたまましたいと思った。

見つめ合ったまま舌をからめ合わせると、体だけでなく心まで交わっている気がする。

ロキはナザールの唇を端から端までぞろりと舐めた。

「覚えておけ、ナザール。俺に命令できるのはおまえだけだ」

あまりに恐れ多い言葉に慄《おのの》いた。

閨《ねや》での睦言《むつごと》にしても、神が人間に与える言葉とは思えない。

「そんなこと……」

「おまえが死ねと言うなら、俺はいつでも喜んで自分の心の臓をくり貫《ぬ》いてやる。おまえが欲しいと言うなら、この世界だって手に入れてやる」

真剣な目で見つめられ、息が詰まってしまいそうだった。

ロキはふと表情を弛めると、

「ただし、おまえを手放せという命令だけは聞いてやらん」

舌先で、ナザールの舌を甘くくすぐった。

「ほら、もっと欲張れ。欲しいものでも、して欲しいことでも言ってみろ」

唇を食《は》んで促され、いまならどんな図々しいことも言える気がした。

瞳を覗かれれば、ナザールの考えはすべてロキに透けて見えてしまう。けれどロキはナザールが口にすることを求めている。

諦めることばかり覚えてきたナザールの、たったひとつのわがまま――。

「……わたしだけ、見てください」

答えるなり唇に噛みつかれ、寝台に押し倒された。

ロキは嬉しくてたまらないというようにナザールの口腔を激しく蹂躙《じゅうりん》し、すみずみまで味わう。

ナザールの上唇と下唇を順に噛み、わななないた舌をきつく吸った。痺れてしまった舌先から、互いの歯が当たるほど奥まで舐め尽くす。

「は……、ふ、ぅ……」

二人分の唾液がのどに流れ込み、むせそうになる。

陸に打ち上げられた魚のように跳ねた細い肢体を厚い体で押さえ込まれ、なおも執拗に唇を貪られた。

「ん、く、ぅ……、ぅ、……」

苦しくて涙が滲む。

血がせき止められたように首から上が熱くなり、酸素を欲した脳に霞がかかる。

やっと空気を吸うことを許されたときは、胸を大きく上下させながら涙で滲む目でロキを見上げた。

ロキの目に情欲の光が宿っている。彼も息を荒らげてナザールを見下ろした。

口端をつり上げて笑う野性的な色香に、陰茎のつけ根がちくりと疼いた。

「とっくにおまえしか見えない」

ロキの声が熱くかすれている。

青い瞳に、ナザールが映っているのが見えた。

「神の名において誓おう、ナザール。この先も、俺の花嫁はおまえ一人だ。俺はおまえのもの」

神の名において――――。

これ以上ない真摯《しんし》な誓いに、ナザールの瞳から涙が溢れた。

せっかくのロキの男らしい顔が涙で滲んでしまう。

「おまえにも心が覗けたら、言葉などよりよほど安心させてやれるのに。いや、どれほどおまえに執着しているか知られて、逆に恐れられてしまうかもしれんな」

泣き出したナザールの心を軽くしようとしてか、そんな軽口を言う。

嬉しくて、泣きながら笑った。

「ロキさまにならなにをされても恐ろしくなどありません」

ほほ笑んだロキが、首飾りのサファイアに口づけた。

そのまま服を開かれ、ロキの目に裸身を晒した。ロキが目を細め、ため息をつく。

「やはり豪華な服よりも、おまえは裸がいちばん美しい」

宝石だけを身に着けたナザールの肌は、毎夜注がれるロキの愛で月のように光り輝いている。

尖った乳首が白蜜に塗れ、ロキを誘っていた。

「今日は眷属に与えていないから、たっぷり詰まっているな。吸って欲しいだろう?」

「はい、ロキさま……」

素直に欲しがるナザールの乳首を含んだロキが、力強く吸い上げる。

「ああ……」

乳を吸い出される心地よさに、吐息を漏らした。

軽く歯を立てられ、腰が躍る。

右、左と順に乳首を吸われ、ロキがごくりとのどを鳴らすたび、味わわれている興奮に膨らみ始めた雄蕊が腹を叩いた。

脂肪などついていない胸を、ロキはそれでも強引に大きな手のひらで薄い肉を下から寄せ集める。

かすかに膨らんだ胸の先端には、吸われて色を変えた乳首が屹立していた。

「サファイアの横に並ぶルビーのようだな」

高貴なものに喩《たと》えられて、ナザールははにかんで横を向いた。

揉みしだかれ、くぷくぷと先端から溢れる白い体液が肌を滑り落ちる感触にぞくぞくする。

折り曲げた人差し指と親指で乳輪の脇をつままれ、きゅっと捻《ひね》り上げられれば、噴き出した乳がナザールの頬まで飛び散った。

「あっ……！」

すぐに拭おうとしたが、手首をつかまれ寝台に拘束されて身動きが取れなくなる。ロキの舌が伸びてきて、濡れた頬を舐め上げた。

「ん、ん……」

獣のような舌遣いに、知らず下半身に血が集まっていく。

ついでのように唇を舐められたとき、薄甘い味を感じて急速に心が昂った。どくどくと鳴る心臓が口から飛び出てしまいそうだ。

深い官能が欲しくて、頬を舐めるロキの舌に顔をねじって自分のそれをからめる。

すぐに応えてきたロキの舌は、ナザールの蜜に塗れてうっすらと甘い。もっと味わいたくて、ロキの舌の表面を舐め、舌先を吸った。

自分で出したものを味わうのは、ナザールにとってこの上ない羞恥と官能を同時にかき立てられる行為だ。

「美味いか？」

こくりと頷けば、ロキは淫猥《いんわい》に口もとを歪めた。

「ならば今日は、おまえにも口移しで飲ませてやる」

淫らな期待に頬を染めたナザールを、神の寵愛《ちょうあい》が覆い尽くしていった。

3.

きらきらとした光が降り注ぐ館の中庭で、ナザールは昼食後にジダンが淹《い》れてくれた茶を飲みながら、控えめに口を開いた。

「ジダン、その……、夜伽衆のみなさまはどうされているのでしょうか？　あれから一度もお見かけしないのですが……」

ナザールの誕生祝いの席に現れて以降、彼らの姿を見かけない。もう半月近く経《た》つ。

眷属は基本、みな森で暮らしている。仔らはほとんどが森で過ごしているが、成人している者は交代で神殿の警護や町の見回りをしている。

大抵は数日おきに森に帰ってくるのに、彼らの姿だけ見かけない。

ロキとどうこうしているという不安はないが、虚言とはいえ消滅させてやろうかなどとロキが口にしたので、まさかとは思うが気になってしまう。

「町の四方の守りをしております」

「ずっと？　森には戻ってこないのですか？」

「夜伽衆を見て、ナザールさまのお心を煩《わずら》わせるといけませんから。ロキさまのいらっしゃる神殿にも、必要なとき以外は立ち寄りません」

「わたしのために？」

驚いて目を見開いた。

ナザールに気を遣わせないために、彼らは森に帰ってこられないでいる？　誤解されるといけないから、ロキにも近づかない？　そんな！

知らなかったとはいえ、彼らの生活を奪って悠々と過ごしていた事実に愕然《がくぜん》とした。

「どうしましょう、ジダン。わたしはなんて失礼なことを……」

ロキに言って、彼らに森に戻ってきてもらおう。そして自分の非礼を詫びよう。ああ、でも、もしかして……。

「夜伽衆の方々も、わたしと顔を合わせるのは不快でしょうね……」

ロキの寵《ちょう》を独り占めしている自分を快く思うわけがない。むしろナザールの顔を見たくないから帰ってこないのかも。

「それはありません」

いとも簡単に否定される。

「どうしてですか」

ナザールを気に入らないのが普通の感情だと思う。

「眷属は、神の気持ちが絶対です。おれたちはロキさまが嫌う者のことは好きになれませんし、ロキさまが好ましく思う者には好意を持ちます。花嫁に嫉妬や対抗意識が芽生えることはありません」

そういうものなのだろうか。

「ロキさまが恋をすれば、おれたちも同じような気持ちになります。花嫁に笑って欲しいし、幸せでいて欲しいです。でも……」

ジダンの瞳に、熱が籠《こ》もる。

「以前も言いましたが、もし花嫁でなくても、ナザールさまのことは好きです」

かつて少年だったジダンに言われた言葉がよみがえった。

――でもおれ、もしお乳出なくてもナザール好きだよ。やさしいから。

心を覗ける彼らに、花嫁でなくとも好きと言ってもらえる。これ以上の誉《ほまれ》はない。

夜伽衆を前にしてまったく動揺しないという自信はないが、ロキの大切な眷属とわだかまりを持ちたくない。

彼らが嫌でなければ、ともにロキに尽くす身として協力していきたいと思う。

「ありがとう、ジダン。夜伽衆のみなさまと、お会いできないでしょうか」

森に帰ってきて欲しいとナザールが頼むと、リリアナは美しくほほ笑んだ。

「ナザールさまの広いお心に敬服いたしました。今後はハクやジダンと一緒に御身をお守りできれば幸甚《こうじん》に存じます」

もちろん否やはない。

だが。

「もしもわたしの顔を見るのがお嫌でしたら、遠慮せずに言って欲しいです。わたしの独りよがりでしたら……」

ナザールが言うと、リリアナはほほ笑んだまま首を横に振った。

「花嫁さまのお側に上がれますこと、我らにとってこの上なき幸せ。身も心もお美しいナザールさまに、みな心酔しております」

リリアナのような美女に手放しに褒められると、どう返してよいかわからず言葉に詰まってしまう。ナザールは頬を染めたままうつむくことしかできなかった。

そんなナザールの様子を、夜伽衆は好意的なまなざしで見てくれる。

夜伽衆は性技に長けた見目のよい男女が選ばれたと思っていたが、眷属の中でも特に腕の立つ精鋭しかなれないのだとロキから聞いた。

常に神の側近くに控え、身辺を警護する役割も担《にな》っていたという。不寝番《ふしんばん》も夜伽衆の役目だったとか。

「では、本日はこの二人をお側に置いていただけますか。こちらはラヴィ」

リリアナは隣に立つ、年少の方の男性を紹介した。

ラヴィはナザールとそう変わらない年齢に見えた。大きなつり目がちの瞳が、少年だったハクとジダンを思い出させるような容貌である。

小柄ながら俊敏そうな体つきと、引き結ばれた唇に意志の強さが宿っているのが印象的だ。真《ま》っ直《す》ぐ見つめられたら、たじろいでしまいそうな美しい顔立ちをしている。

「大変に真面目で仕事熱心な若者です。剣の扱いにも長けております。なんなりとご用をお言いつけくださいませ」

ラヴィは片膝をついて拝礼した。

「お仕えできて光栄です、ナザールさま」

熱っぽい瞳で見上げられて、どきどきしてしまう。真摯な態度に、こちらも礼を尽くさねばと気持ちが引きしまる。

「どうぞよろしくお願いいたします」

「そしてこちらはヴェロンダ」

リリアナは隣に控える、もう一人の若い女性を紹介した。

「これは言葉遣いのなっていない部分もありますが、そのぶんお気を遣われずに済むと存じます。お話し相手にもよろしいかと」

ヴェロンダの外見は二十代半ば頃に見えた。

女性としてはかなり背が高く、均整の取れた体と長い手足がしなやかな雌の肉食獣のような、健康的な色香を持つ男勝りな美女である。赤みがかった灰色の髪は短く、外側に向かって強くはねている。

ヴェロンダはナザールに向かって、ニッ、と親しみやすい笑みを浮かべた。

「本当はナザールさまとお話ししたかったんだ。よろしくね」

「ヴェロンダ、丁寧にしゃべりなさい」

早速リリアナにたしなめられても、どこ吹く風といった様子だ。思わずナザールも笑ってしまった。

「よろしくお願いします、ヴェロンダさま」

リリアナは赤い唇をやや横に引くと、

「ナザールさま。花嫁さまは眷属に敬称をつけるものではありません。どうぞヴェロンダとお呼びください。わたしのこともリリアナと」

静かではあるが、有無を言わせぬ迫力があった。

少年から育てたハクやジダンならともかく、自分より年上の夜伽衆を呼び捨てにするのは気が引ける。ましてやリリアナは、外見は三十そこそこに見えるがハクたちの母なのだ。

だが相手の立場も考えず、我《が》を通すことはしたくない。自分もいろいろなことを教わる立場である。年長者の言うことには従おう。

「わかりました、リリアナ……」

それでも横柄《おうへい》な気がして、語尾が小さくなってしまう。

リリアナは満足げに頷いた。

「素直な花嫁さま。ロキさまもさぞ可愛がっておいででしょうね。ねえ、ロキさま?」

突然そう言われて驚いて振り向きざま、たくましい腕に背後から抱きしめられた。熱く硬い男の体が背に当たる。

「ロキさま……!」

いつの間に。

夜伽衆はロキの姿を見て、全員地に片膝をついた。ロキは鷹揚に笑いながら、抱き寄せたナザールの頬に唇を押しつける。

「ああ、可愛くてたまらん。まったく、守り神になど戻ったのは失敗だったかもしれんな。四六時中ナザールを側に置きたいのに、なかなか難しい」

「ロキさま、この時間は神殿にいなくてよろしいのですか？」

人目のある場所で抱きしめられることに戸惑いながら、神殿を放り出して大丈夫なのかと気になった。

「おまえの顔を見たくなったんだから仕方ないだろう」

言いながらナザールの首筋に鼻先を埋め、すうと匂いを嗅《か》ぐ。そしてやっと落ち着いたように息をついた。

「夜まで待てぬ……、と言いたいところだが、今日は国境の堤防の様子を見に行かねばならん。遅くなるだろうが、いい子で待っていろよ」

いつもナザールにはやさしいロキだが、今日はより甘い気がする。少し距離のある場所まで行くからだろうか。

獣姿でロキについてきたらしいハクが、やっと追いついてくるりと人型になった。

「ロキさま、勝手にいなくなられては困ります。ナザールさまと夜伽衆が顔を合わせるのが心配だからといって様子を見に来るなど、あなたはナザールさまの父親ではないのですよ」

ロキはじろりとハクを睨んだ。

「愛しい花嫁を心配してなにが悪い」

そんな理由でわざわざ戻ってきたのか。

ロキの過保護ぶりに呆《あき》れるとともに、心配してもらえて嬉しい気持ちで胸がむずむずする。

「行きますよ、ロキさま」

ハクに急《せ》かされ、ロキは性急に唇を合わせてきた。

「ん……、んんっ……！」

みんなの前で！

顎を取られて抵抗らしい抵抗もできぬまま、ロキの気が済むまで貪られた。

「は……、ふ……」

やっと唇を離されたときは、羞恥と息苦しさで涙を浮かべた目でロキを睨《にら》んでしまった。

ロキは悪びれた様子もなく口端をつり上げて笑い、ナザールの頬を撫でた。

「行ってくる」

額同士をこつりと合わせて瞳を覗き、最後に愛しげに額に唇を落とす。

甘やかな仕草に、ナザールは簡単にロキを許してしまう。

「行ってらっしゃいませ、お気をつけて」

ロキを見送ってから、羞恥がよみがえって夜伽衆の前から逃げ出したくなった。

「お見苦しいところを……」

火照《ほて》る頬を押さえて頭を下げるナザールに、リリアナは母親のような笑みを浮かべた。

「ナザールさまが不安になられないよう、わたくしどもに見せつけておられるのですよ。愛されておいでですね」

やたら密着してきたのはそういう意味だったのか、とようやく理解した。

そして、夜伽衆が不快にならなかったかと心配になった。不安げに彼らを見ると、なぜか全員うっとりとしたようにナザールを見ている。

「ナザールさまは本当におやさしい。瞳からお気遣いが透けて見えます。ご心配なく。ロキさまと花嫁さまが睦まじいことは、我らにとっても喜ばしいことですから」

リリアナにそう言われ、ほ、と安堵《あんど》の息をついた。

あらためてロキの愛情を想い、胸に満ちる甘さで、白い蜜がじわりと服に染み込んだのがわかった。

「ねえ、ナザールさまの髪は真っ直ぐできれいだね。いいなぁ、あたしの髪は癖が強くて伸ばせないからさ、憧《あこが》れちゃうよ」

ナザールの向かいに座ったヴェロンダは、短く切った自分の髪を指で弄《もてあそ》んだ。長い脚を組んで斜めに座り、テーブルに頬杖をついたまま干し果物をつまむ。

夜伽衆が交代でナザールの警護につくようになって数日が経った。代わりに、ハクとジダンは神殿でロキの側に仕えている。

基本的にロキの結界が張ってある北の森にいれば安全なので、警護はつきっぱなしというほどでもないが。茶の時間に相手をしてくれたり、移動のときに付き添ってくれたりする。

特にヴェロンダとはすぐに打ち解けて、いまもナザールが勧めるまま同席して茶につき合ってくれている。

ロキの眷属の髪はほとんどが灰色だが、ヴェロンダはやや赤みがかった色をしていた。獣の姿になっても、彼女は毛色が違うのですぐわかる。

気取らぬ言葉遣いとかしこまらない動作が、一緒にいて気が楽だ。性格もさっぱりとしていて、ナザールの方こそ彼女に憧れてしまう。

「ヴェロンダによく似合っていると思います」

ナザールに褒められ、ヴェロンダは高い鼻を得意げに上向けた。

「ナザールさまにそう言ってもらえると嬉しいね。ねえ、もっと食べなって。これ以上細くなっちゃ、抱き心地悪くなってロキさまにがっかりされちゃうよ」

ヴェロンダは干し果物の乗った皿をナザールの方へ押しやった。ナザールは勧められた干し果物をひと口齧《かじ》る。ヴェロンダは「そうそう」と笑って自分もひとつ口に放り込んだ。

「さあさあ、お茶を飲んだらお乳をやりに行こうか。午前中に一匹、午後に一匹。わかってるよね？　約束破ったら、あたしがハクとジダンに怒られるんだからね」

「わかっています」

ロキにたしなめられて反省している。それ以来、一日二回だけと決めた。

ヴェロンダは大きな口でからからと笑いながら、組んだ脚を解いて立ち上がった。

「その代わりロキさまにいっぱい吸ってもらいなよ。ロキさま絶倫だからすごいでしょ」

そんなふうに言われ、頬に血が上ってしまう。たしかに毎晩何度も精を注がれるけれど。

真っ赤になったナザールを見て、ヴェロンダは腹を抱えて笑った。

「なんっかナザールさま、初心《うぶ》で可愛いよねえ。神の花嫁とは思えないくらい。これはロキさまも仕込みがいがあるわぁ。友達とそういう話したりしなかったの？」

「友達、ですか……？」

邪視と疎まれ、誰からも口をきいてすらもらえなかった生家での生活を思い出した。そのこと自体にナザールを傷つける力はもうないけれど。

「わたしは……、邪視、と呼ばれていて、人と関わることを許されなかったのです。周囲からもいないものとして扱われていたので、友人といえば虫や動物くらいしか……」

「ああ、そういえばあたしたちが眠ってる間にそんなことになってたって聞いたわ」

ヴェロンダは鼻に皺を寄せた。

「ばっかばかしい。ロキさまの力が強い頃には、青い瞳はもてはやされたもんよ。いまに見ててごらん、人間の意識なんてすぐ変わるから。外見に惑わされてばっかの人間て、ほんところころ言うこと変わるんだから」

そしていたずらっぽく、くるりと表情を変えた。

「じゃあナザールさま、友達らしい友達はいないんだ？　だったらあたしと友達になろうよ」

「え……」

あまりに意外な提案に、まばたきも忘れてヴェロンダを見た。

心臓があり得ないほど高鳴っている。

友達？　本当に？

「い、いいんですか、わたしで……」

「ナザールさまこそ。眷属だから身分下で嫌じゃなかったらだけどさ」

「とんでもないです！」

嬉しくて、飛び上がらんばかりに身を乗り出してヴェロンダの両手を包み込んだ。

「ありがとうございます、仲よくしてください」

そして自分の興奮に気づいて、パッと手を離した。

「あ、あの……、手なんか握ってしまってごめんなさい……」

ヴェロンダは朗《ほが》らかに笑った。

「あたしの手なんかでよかったらいくらでも」

握手のためにあらためて差し出された手を、感動的な気持ちで握り返した。そういえば、握手をするのも初めてだ、と浮かれた心で思った。


ロキが帰ってくるなり、飛びついて報告した。

「聞いてください！　ヴェロンダが、わたしの友達になってくれました！」

興奮で瞳が輝いているのが自分でもわかる。

今日は一日嬉しくて、ロキに報告したくてうずうずしていた。

「ああ、どうしよう、嬉しくて眠れないかもしれません。友達……、友達です、わたしに」

心臓がうるさくて、押さえていないと口から飛び出してしまいそうだ。

口の中で「ともだち」と何度も何度も繰り返した。

生家にいた頃には考えられなかった。いつも乳母の墓に話しかけ、ときおりでいいから口をきいてくれる人がいればと望んでは、実際は陰口か罵声《ばせい》を浴びせられて涙を零してきた。

夢のようだ。

「それはよかったな。あれは明るく気立てもいい。おしゃべりなのが玉に瑕《きず》だが、賑《にぎ》やかでいいだろう」

ロキは子どものようにはしゃぐナザールの頭を撫でた。その仕草で昼にハクがロキのことを父親のようだと言ったのを思い出し、本当にそうだと思った。

「わたしにもたくさんおしゃべりしてくれて嬉しいです」

心はすぐに、ヴェロンダのくれた「友達」という言葉に戻っていった。呟くたびに気分が高揚《こうよう》する、魔法の呪文のようだった。

明日もヴェロンダと会えるだろうか、他の眷属に警護してもらうことになるのだろうか。

もちろんわがままを言う気はない。交代での仕事もあるだろうし、無理に自分つきにしてもらおうとは思っていない。会えるときだけで充分だ。

でも次はいつ会えるか……。

そわそわと落ち着かずに部屋を歩き回っていたナザールは、ハッとロキを振り返った。

「ロキさま……、友達とは、なにをするものなんですか。なにをして、どんな話をすればいいのでしょう?」

漠然《ばくぜん》と仲よくするものだと考えていたが、実際その〝仲よく〟の中身がわからない。

「別に特別なことをする必要はない」

だがナザールにとっては初めての友人である。すべてが特別のようなものだ。たかがおしゃべりにしても。

少しでも参考にしたくて、ロキに尋ねた。

「神々にもご友人はいらっしゃるのですか?」

「いないわけではないが、あまり顔を合わせるものでもない。ましてやどこかの守り神にでもなってしまえば、そうそう他の土地に出歩きもせぬからな。基本は神同士の関係は親子であっても希薄だが、中には群れるのが好きな奴らもいる。それは人間と変わらぬだろうよ」

神にとっては眷属が家族も同然であり、ひとつの一族なのだ。

「では、ロキさまも守り神になられる前はご友人と遊んだりされたのですか? どのような遊びをされたのかお聞きしてもいいでしょうか?」

「まあ、一緒に獅子を狩ったり、酒を飲んでくだらぬ話をしたり、酔った勢いでどちらが大きく火山を噴火させられるか競ったりしたくらいだ」

「…………楽しそうです」

あまり参考にならなかった。

ハクとジダンに聞いた方がいいかもしれない。三百年もロキと三人で過ごしていた彼らも、友人らしい友人がいるかどうかわからないけれど。

「お酒……、はともかく、お茶なら今日も一緒に飲みました。あ、ヴェロンダはお菓子は好きでしょうか。木の実と果物ではどちらが……、あっ！」

ぐい、と突然腕を引かれてロキの胸の中に閉じ込められ、驚いて顔を見上げた。

「まるで初めて恋人ができたような浮かれぶりだな。そろそろ目の前にいるのが俺だと気づいたらどうだ」

口もとは笑みの形だが、眇《すが》めた瞳が笑っていない。

浮かれるあまりに夫をないがしろにしてしまったと、すぐに反省して頭を下げた。

「申し訳ありません。お疲れのところを騒いでしまって」

ロキはため息をつくと、表情をやわらげた。

ナザールに顔を上げさせ、指で髪を梳《す》く。

「おまえが喜ぶ顔を見るのは嬉しい。だが俺以外に心奪われるのは昼の間だけにしろ。夜は俺のことだけを想え。さもなくば……」

「あ……」

気づいたときは、たくましい体に組み敷かれていた。

「俺のことしか考えられないようにするだけだ」

舌なめずりする獣のような顔で見下ろされ、背がぞくりとわなないた。

急速に腰回りに熱が集まっていく。

「眠れないかもしれないと言っていたな、花嫁が寝不足になっては可哀想だ。よく眠れるように疲れさせてやろう」

覆い被さってきたロキの唇を受け止め、目の前の男のことだけで埋め尽くされた頭で、激しい愛欲の海に溺れていった。

＊

森の中の泉のほとりに、小さく開けた場所がある。

緑に小花を敷き詰めたような美しい一角だ。以前はここでハクとジダンと遊んだり、花輪の作り方を教えたりした。

いまはハルラールが眷属の少年少女を集めて、学び舎のようになっている。今日も数人の眷属の仔らが座って、ハルラールの話を聞いていた。

ナザールが近づくと、一人の少年が気づいて声を上げた。

「ナザールさまだ！」

わっ、と子どもたちがナザールの周囲に集まってくる。ナザールは子どもたちの頭を撫でながら、ハルラールに目礼した。

ハルラールはナザールを見て、深々と腰を折る。

「すみません、約束の時間より少し早く着いてしまいました」

「構いませんよ。もう終わるところでしたから」

ハルラールは本を閉じると、勉強に来ていた子どもたちに褒美に赤い木の実を配った。甘酸っぱくて、ナザールも大好きな実である。

ハルラールは長い髪を三つ編みにして腰まで垂らし、片眼鏡をかけた学者然とした風貌をしている。もの静かな雰囲気と優雅な動きが、ロキの祖父神であるバラーを彷彿《ほうふつ》とさせて、ナザールは密かにハルラールに親近感を抱いていた。

ひとしきり子どもたちのおしゃべりに耳を傾けてから、名残惜《なごり》しげに遊びたがる子らを、迎えに来た眷属の母たちに返した。

ナザールが草の上に腰を下ろすと、ハルラールも向かいに座る。ナザールについてきたヴェロンダは、二人から少し離れた場所に寝転んで脚を組んだ。

自由な様子がヴェロンダらしく、彼女を見ているといつも緊張がほぐれる。ハルラールはヴェロンダを気にすることなく、口を開いた。

「では今日は神について学びましょうか」

「はい、先生」

ここのところ、ハルラールが眷属の仔らに勉強を教えたあと、ナザールも個人的に教えを乞うているのだ。

ハルラールは博識で、知識を吸収することが趣味だという。眠っていた三百年の空白はあるものの、いまはその間のことも貪欲に調べ回っているらしい。

学び舎に通う機会のなかったナザールは、師と仰げる人物を持つことに憧れていた。それを承知で、ハルラールも先生呼びを許してくれる。

ハルラールから知識を授けてもらえることがとても嬉しい。ハルラールは数学や地学だけでなく、歴史や風俗、物語などにも詳しい。

三百年前は、世間がいまより性に対しておおらかで、婚姻をしていても愛人や恋人がいることが当たり前だったと聞いたときは驚いた。一部の地域では、祭りの夜は既婚未婚も男女も問わず、誰とでも自由にまぐわったりしていたのだとか。

人間社会に比べて小さな眷属社会ともなれば、兄弟どころか親子でまぐわうことも珍しくなかったというのも衝撃だった。

眷属たちが奔放《ほんぽう》な発言をしたのも、そういう背景があってのことかもしれないと、そのとき初めて思った。きっと花嫁だった人物も、それを当然のことと受け止めていたに違いない。

やはり自分の常識だけでは測れないものがあるのだと、深く感じ入った。だからといって、自分がそうしたいとは思わないけれど。

土地や時代が変われば変わるものもある、ということだ。

また、神の花嫁の初乳は特別に栄養価が高く、眷属の能力を増幅させることも知った。そういえばリリアナがハクとジダンに、初乳がどうだと言っていたと思い出した。

神が新しい花嫁を娶ると、眷属の少年少女から優秀な二名が選ばれ、初乳を授かったという。前回はラヴィとヴェロンダだったのだと聞いた。

ハルラールから学ぶことはどれも新鮮で、ナザールの知識欲を刺激する。今日も夫であるロキにまつわる神々の話を聞けるのだと、期待に胸を膨らませた。

「神は大地を作り出すような力の強いものから、なんの力もないただの象徴的なものまで、様々です。ロキさまのようにたくさんの眷属を従えて強大な力を持つ神は、ほんの一部に過ぎません」

ナザールは真摯に耳を傾けた。

おそらく一般の人々にとっては常識なのだろうが、ナザールには一般的な知識が欠けている部分がある。仕事で忙しかった乳母から、すべてを教えてもらうことはできなかった。

ナザールの生い立ちを知ったハルラールは、本当に些細なことから噛み砕くように丁寧に教えてくれる。

「神がどうやって生まれるかはご存知ですか、ナザールさま？」

「ロキさまから聞きました」

なにかのきっかけで自然に生まれてきたり、神同士の間で子を儲《もう》けたり、神の体の一部からできたりするらしい。

ハルラールはよろしい、というように頷いた。

「生まれたときから完全な姿を持っている神もいれば、人間と同じく赤子から成長するもの、幼生から神へと変じるものなど様々です。力の強い神々には、ロキさましかり、完全体で生まれるものが多いそうです」

ではロキは生まれつきあの姿なのか。

ロキの赤子時代など想像がつかぬので、さもありなんと思える。

「力も大小様々ですが、寿命もそれぞれ違います。短いものは数十年から、長いものは何千年、これは力に比例するわけではないようです」

ふと、人間の王と同じく、国民ならぬ信心者が多いと力が強くなりはしないかと思った。

「信仰心が関係したりもするのでしょうか」

「いいところにお気づきですね」

ハルラールに言われ、乳母に「賢い子だ」と褒められた過去を思い出して、ポッと胸が温かくなった。

「それがよい意味であれ悪い意味であれ、存在を意識されることで神の力は強まります。一部の魔物が人々の恐怖を吸って力を増大させるのと同じです。誰からも存在を忘れられた神は消滅します」

やはり。

ロキが邪神として民から厭悪《えんお》されても消滅しなかったのは、逆に負の感情がロキの存在を強く人々に印象づけていたからなのだ。存在なきものとして忘れられていたら、彼も消滅していたのかもしれない。

「そしてあまり人間には知られていませんが、神々の間でも、王ともいうべき〝神帝〟が存在いたします」

「神帝？」

初めて聞く名である。

「神々の頂点に君臨《くんりん》するお方で、神界にお住まいです。消滅した神の肉体は塵《ちり》と消え、魂は風となって神界へ戻り、また生まれ変わります。神帝は神の輪廻《りんね》を司《つかさど》る方でもあります。通常は神々のみが出入りしますが、神帝が許可した人間も入れるそうです」

普通の人間には知りえない事柄を知ることに、ナザールの胸は高鳴る。

「神界へ足を踏み入れた人間もいるということですね」

「そのようです」

神が出入りできるということは、ロキは行ったことがあるのだろうか。今度聞いてみよう。どんな場所だろうと想像するだけで心が踊った。芳《かぐわ》しい花が咲き乱れているのだろうか。美しい海が広がっているのだろうか。もし万一機会があれば、自分も行ってみたい。

「素晴らしいところなんでしょうね。神々の王ともなれば、きっと誰もが心酔する人格者なのでしょう」

うっとりと想像に耽《ふけ》るナザールに、ハルラールは言葉を濁らせた。

「神帝は……、そうですね。お会いしたこともない私ごときがこのようなことを言うのはおこがましいのですが、大変に気まぐれで色を好むお方と聞いたことがあります」

ナザールは目を丸く見開く。

「神帝は聖母のように慈悲深く寛大なこともあれば、冷酷で暴虐なこともあるとか……。お怒りに触れれば、守り神とともに国ひとつくらいは簡単に消滅させられてしまうでしょう」

どうやら難しい人柄らしい。

永く生きていれば人間のように退屈を覚え、残虐な遊びもするのかもしれない。迂闊《うかつ》に会ってみたいなどと思えなくなった。

「恐ろしいお方なのですね。わたしなど、ご尊顔を拝する機会もないでしょうが」

「神々ですら、神帝のことを恐れています。ですがロキさまは豪胆なお方なので、そうとは限らないかもしれませんね」

ロキにも神帝に近づいて欲しくない、と思った。

彼の性格では、なにかのきっかけで神帝の気分を損ねて、物騒な事態に陥《おちい》ることも充分あり得る。

「お顔を合わせることのないようお祈りします」

それからも神々についての講釈は続き、退屈したヴェロンダがあくびをしながら、

「お茶にしようよ」

と言ったことでようやく区切りをつけた。

ハルラールが果物の香りをつけた茶を淹れてくれ、三人でテーブルを囲んで、おしゃべりをし

ながら和《なご》やかな空気が流れた。

「今日もたくさんありがとうございました。とても勉強になりました。先生もお疲れのところ、本当に感謝しています」

「いえ。勉学に熱心な生徒がいるのは、私にとっても非常に喜ばしいことです。きみも見習いなさい、ヴェロンダ」

急に矛先《ほこさき》を向けられ、ヴェロンダは鼻に皺を寄せた。

「あたしの仕事は勉強じゃなくて、ロキさまと花嫁と町を守ることだよ。頭使うことはあんたに任せた。体使うことだったらなんでも言ってくれていいけど」

そんな反応は予期していたと言わんばかりに、ハルラールは唇だけで小さく笑う。ヴェロンダを可愛がっているのがよくわかる。

二人の間に流れる空気を温かく感じながら茶を楽しんでいると、ヴェロンダとナザールが同時に焼き菓子に手を伸ばした。

眷属が焼いてくれたふわふわの甘い菓子で、最後のひとつだ。

「わたしは先ほどもいただきましたから、ヴェロンダがどうぞ」

「あたし三つも食べたもん。ナザールさまどうぞ」

いえいえ、いやいや、と互いに譲《ゆず》り合っていたが、ナザールは思いきって、

「あの……、は、半分こ、に、しませんか……?」

顔から火が出るような気持ちで言った。

昔、自分と同い年くらいの子どもたちが、「はんぶんこ」と言いながらお菓子を半分に割って食べているのを見て、とても羨《うらや》ましかったのだ。

ひとつのものを半分にして食べる。なんて仲がいいんだろう。まさに友達同士ですることではないか。すごくすごくやってみたかった。

真っ赤になったナザールを見ていたヴェロンダが、目を見開いた表情からだんだん口もとを弛ませていき――――。

「~~~あーもう! なにそれ、可愛い!」

両手で顔を覆って頭を左右にぶんぶんと振った。

「どうしよう、ナザールさまめちゃくちゃ可愛い! 半分こ! 半分こって! ときめいちゃったぁ。あたしが夫なら、抱きしめてキスして口移しで半分こする」

そんなに恥ずかしいことを言ったのだろうかと、ナザールも照れて下を向いた。

ひとしきり悶えたヴェロンダが、焼き菓子を半分に割ってナザールに差し出した。

「はい、半分こね。恋人ならあーんて言うとこだけど、さすがにロキさまに申し訳ないわ」

どきどきと胸を高鳴らせながら噛みしめた焼き菓子は、他のものより甘い気がした。

「なんだか見ている方が照れますね」

ハルラールが穏やかにほほ笑みながら言う。

口ではそんなことを言いながら、表情は子どもを見る母親のようなのが彼らしい。

「ナザールさまはなににでもひたむきで、お仕えのしがいがあります」

ふいにヴェロンダがナザールの顔を覗き込んだ。

「ほんと、ナザールさまは頑張ってるよね」

「え、わたしですか？」

「うん。花嫁のお勤めも、勉強もさ。そりゃあ歴代の花嫁さまにだっていい人はいたけど、いちばん頑張ってると思うよ」

ヴェロンダは真っ直ぐ瞳を見つめてくる。その目に、世辞や偽りは感じられない。

「前の花嫁さまはさ、ロキさまが力を失った頃には花嫁でいることも嫌がって、邪神って呼ばれ始めたら逃げて出て行っちゃったんだ。ロキさまも追うことはしなかったけど、花嫁がいなきゃ眷属もそれ以上育たないし、自分の力も戻らないしで、辛かったんじゃないかな」

「そんなことが……」

自分だったら、辛いときこそ側にいて励ましたい。だがおそらく針の筵《むしろ》のような状況であっただろう、その花嫁を責めることもできない。

そのときのロキの苦しみを思い、胸が塞ぐ心地がした。

あらためて、自分がロキの力になろうと決心した。ロキの力を回復し、眷属を育て、精いっぱい尽くそう。自分を選んでくれたロキのためにも。

ヴェロンダはナザールの瞳を見つめたまま、楽しそうに続ける。

「ロキさまも変わったよ。花嫁さまのことは大事にはしてたけど、あんなべたべたくっついて可愛がったり、他人に抱かせることに妬いたりしなかったもん。眷属にもやさしくなった気がする。前はけっこう厳しい態度が多かったんだけどね。お乳だって、普通はあんなに出ないよ。すっごく美味しいって子どもたちも言ってるし、ロキさまの力もいいお乳のおかげで強まってる」

「それは、ロキさまが愛情を注いでくださるから……」

深く愛されれば愛されるほど、量も質も豊かな乳が出る。

「だから、それもナザールさまが頑張ってるからだって。これだけ一所懸命だったら、ロキさまも可愛がっちゃうよ。それに毎晩ロキさまの絶倫受け止めてるんだから、ナザールさまも体力あるよねえ。さすがは男の子」

いたずらっぽくつけ加えてナザールをからかうヴェロンダを、ハルラールが「口を慎みなさい」とたしなめる。だがその口もとはかすかに笑っている。

特別に頑張っているなどと自惚《うぬぼ》れたことはないが、こうして他人の口から認められると、自分でも役に立てているのだと幸福感に包まれる。

まだまだ未熟だが、もっと役に立ちたい。

「他にわたしにできることはないでしょうか。ロキさまや一族のお役に立てたら嬉しいのですが」

「あとはそうだねえ……、神殿に行ってみない？　神と花嫁って普通は神殿で暮らしてるものだしね」

どくり、と心臓が鳴る。

指先にじわりと汗をかき、手が震えた。

神と花嫁の住処は本来町の中心にある神殿である。常に睦まじい姿が見えるようにすることで、民を安心させるのも仕事のひとつと言っていい。

ロキが神殿に通い、ナザールを森に残してくれているのは、邪視であるナザールを快く思っていない民が大勢いると知っているからだ。ナザールの心情を慮《おもんぱか》ってくれて。

民は神と眷属が青い瞳なのは受け入れる。種族が違うから。

けれど、ナザールは人間である。長い間邪視と忌み嫌い、迫害してきた青い瞳の人間を、神の花嫁と認めるのはどうしても抵抗があるのだろう。

以前は生家から出ることはほとんどなかったが、それでも使用人にも気味悪がられて存在はほとんど無視された。

町を歩こうものなら侮蔑《ぶべつ》の言葉を投げかけられ、目を背けられながらも厭悪の感情が矢のように突き刺さり、ときには石が飛んでくることもあった。

ロキが守り神に戻ったとはいえ、邪視に対する忌避感《きひかん》は色濃く残っている。それはロキとともに何度か町に行ったときに感じた。

迫害されていた過去はもう水に流したつもりだが、これから受ける悪意に平気な顔でいられる自信はない。なにより、ロキが悪く思われたらと考えると不安でたまらなくなる。

唇の色を失くしたままためらうナザールの両手を、ヴェロンダは力強く包み込んだ。真っ直ぐにナザールの瞳を覗き込んでくる。

「行ってみない？」

「でも……」

自分が嫌われるだけでなく、ロキに迷惑がかかったら……。

「大丈夫。誰がなんと言おうと、ロキさまの花嫁はナザールさま一人なんだから。怖かったらあたしがついていく。そりゃあたしは眷属だからお役目でもあるけど。それだけじゃなくて、ナザールさまの力になりたいの。友達でしょ」

ぽぅ、と胸に光が宿ったようだった。

自信に満ち溢れたヴェロンダの顔を見ていたら、温かなものが体の底から湧き上がってきて、不安でいっぱいだった心が勇気に塗り替えられていく。

友達が側にいて、勇気づけてくれる。それがこんなにも頼もしい。

「……行ってみます。力を貸してください、ヴェロンダ」

華やかに笑ったヴェロンダの笑顔が、とても眩《まぶ》しかった。

4.

ハクとジダンに挟まれて輿《こし》に乗ったナザールは、突き刺さる町の民の視線に表情を硬くしていた。

輿は町の大通りを進み、ロキのいる神殿に向かっている。獣姿の夜伽衆《よとぎしゅう》が、輿の周囲を警護しながら一緒に歩いていた。

大仰《おおぎょう》な集団に、道の両側に並んだ物見高い民は興味深々でナザールを見ている。

ナザールが昨夜、

「神殿に行きたい」

と言うと、ハクとジダンはどうしても自分たちが供《とも》をすると言い張った。

ロキの側近であるハクとジダンの顔は、すでに民の周知するところである。眷属《けんぞく》の中でも能力も地位も高い彼らのことを、憧《あこが》れのまなざしで見る人間も多い。

だから彼らに大事に護《まも》られている態《てい》を見せることは正しいのである。

中にはナザールに好意的な視線を向けてくれる民もいた。けれどそれより、好奇と嫌悪の入り交じった視線の方が圧倒的に多かった。

「顔を上げていてくださいナザールさま」

ついうつむきがちになるたび、ハクとジダンに小声で促された。

しっかりしようと思えば思うほど、表情はぎこちなく、手足が冷たくなっていく。

拳《こぶし》をぎゅっと握ったところで、輿の斜め前を獣姿で歩いていたヴェロンダが振り返って、目が合った。

――大丈夫、あたしがついてる。

小さく頷いたヴェロンダの目が、そう語っていた。

胸に温かいものが満ちていく。

そうだ、友達が一緒にいてくれる。ハクもジダンも夜伽衆も、ナザールに力を貸してくれている。

自分はロキの花嫁なのだ。ロキと愛し合う、たった一人の人間。誰にどう思われようと、自信を持て。

神殿ではロキが待っている。彼の隣に立つなら、背筋を伸ばして堂々としていたい。

ヴェロンダに頷き返し、顎《あご》を上げた。

さっきまで民の誰とも目を合わせないようにしていたが、しっかりと周囲を見回す。

慌てて目を逸《そ》らす者もいるが、どこか不安げな顔をしながらもナザールを見返してくれる人に向かって、ほほ笑みかけた。

ナザールのほほ笑みに、パッと顔を赤くする人間が何人もいた。先ほどまでとは明らかに違う、憧憬《しょうけい》を含んだ視線に変わる。

双子の妹のラクシャは誰よりも美しかった。彼女が通ったあとは、恋に身悶《みもだ》える男性で行列ができたと言われたほどだ。瞳以外はラクシャと瓜二つの自分も、邪視に対する恐怖が薄れれば、少しは人を惹《ひ》きつけられる容姿なのかもしれない。

自分自身でそんなことを思うのはおこがましく、自信もないけれど、〝ロキの花嫁〟として恥ずかしくない振る舞いをしたい。

そのためにこの顔立ちが少しでも有利に働くのなら、卑下《ひげ》せず役立てよう。

聞こえよがしに、民衆の間から「邪視のくせに調子に乗りやがって」「神の威《い》を借る淫売が」と囁く声がした。ナザールの心臓にずきりと痛みが走る。

「誰だ！」

ハクが鋭く叫び、夜伽衆が頭を低くして威嚇《いかく》の唸《うな》りを上げた。民の間に緊張が走る。

「やめてください、ハク」

ナザールは真っ直ぐ前を向きながら、静かに言った。

「しかし……！」

「力で押さえつければ、不満が募ります。暴力で人を従わせることは、なんの解決にもなりません。ロキさまへの反発を招くだけです。時間がかかっても、受け入れていただけるよう努力します」

過去と他人は変えられない。

けれど未来と自分は変えられる。

以前の自分だったら、こんなふうに思うことはできなかった。守ってくれる力の陰で、怯《おび》えて背を丸めていただけだった。

でもいまは、自分を守ってくれる力が自分の力にもなる。愛し、愛されることで強くなりたい。

強がりながらも震えていたナザールの両手を、ハクとジダンが両側からそれぞれ取って膝の上で力強く握る。一人じゃないと、心から安心した。

ナザールは神殿に着くまでしっかりと顔を上げ、目が合った民に笑顔を振りまいた。

「よく来たな、ナザール」

神殿でロキに抱きしめられたときは、安堵《あんど》で膝から力が抜けた。ロキは腰が抜けたような状態で歩けなくなったナザールを横抱きにし、謁見《えっけん》の間の玉座に腰かけた。

謁見の間はそこそこの広さがあるが、拝謁《はいえつ》希望の人間がいないときはとても静かである。ロキもいまは人払いをしているようだ。

「とても緊張しました……」

ナザールは火照《ほて》った頬をロキの肩口に押しつけて、震える唇から肺の中の空気を逃がす。

輿が神殿に到着する頃には、めったに姿を見せないロキの花嫁を見ようと、周囲に人だかりができていた。

神殿の前で輿から降り、ハクとジダンに手を取られて階段を上った。段上で待つロキを見つめながら顎を上げ、ほほ笑みを浮かべて。

階段を上りきるなり、ロキに熱い抱擁《ほうよう》と口づけを受けた。民衆から驚きと歓声の入り交じったどよめきが上がった。

人前での口づけは体温が上がるほど恥ずかしかったが、これはいかに神が花嫁を愛しているかという顕示《けんじ》なのだ。ナザールも抱擁を返し、ロキに抱きかかえられながら神殿へと入った。

警護をしてくれた眷属には、別室で休んでもらっている。

「おまえが自分から町に姿を現したいと言ったときは驚いたぞ」

ロキは横抱きのまま膝の上に乗せたナザールの髪を梳《す》きながら、額に何度も唇を押し当てる。

少しずつでも強さを持ち始めたナザールに喜んでいるようだ。ロキがいつも消極的なナザールをもどかしく思いながら、ナザールの心情を慮《おもんぱか》って無理じいをしないでいてくれるのを知っている。

「もっと色っぽい服を着てきてもよかったのに。民はおまえの美しさの虜《とりこ》になるだろう」

普段は乳をやりやすいよう、またロキの趣味もあり、やわらかい薄絹でできた前合わせの衣服を身に着けている。

今日のナザールは首まできっちりと釦《ボタン》で留める長袖の上着と、普通に男性が身に着ける下衣を穿《は》いている。

花嫁とはいえナザールが男性ということは知れ渡っているので、肌を露出して婀娜《あだ》っぽさを強調することはしたくなかった。それでなくとも、男娼まがいに思って反感を持っている人間もいるだろうから。

にやりと笑ったロキが、ナザールの肩を抱く腕に力を込めた。

「だがたまにはこういう服も悪くない。おまえの清楚な色香もそそる」

すでに上着の裾から忍んできた手が、肌着のすき間から脇腹を撫で上げる。

「い、いけません、玉座でなんて……」

なにをしようとしているかを悟り、慌てて服の上から手を押さえたが、ロキは構わず胸粒を爪で引っかいた。

「ああっ……！」

ナザールはロキの膝の上で、びくりと体を揺らして背を丸めた。

手は明確な意思を持ってナザールの胸を撫で回す。ただでさえ緊張で汗ばんでいた肌が、急速に体温を上げていった。

こんな場所で不謹慎な行為をするなんて！

「ロキさま……、ば、罰が当たります……！」

「誰が当てる。俺が神だぞ」

「それは……」

そうなのだが……。

ロキは熱いまなざしでナザールを見つめ、唇を笑みの形に引いた。

「おまえの勇気が見える。生まれたときから虐《しいた》げられ、傷つけられて臆病だったおまえが変わっていくことが、震えるほど嬉しい」

ロキの言葉に鼓動が高鳴った。

自分はロキと違って、ただの弱い人間だ。傷は深く、浅く、心の中至るところに痕を残している。

でもいま、大いなる愛がナザールの心を包み、傷を癒してくれている。

「ロキさまと……、みんなのおかげです」

そっとロキの頬を手のひらで包んだ。

いかめしくも整った、男らしい顔立ち。頬を彩《いろど》る美しい彫り物と、ナザールを見つめる澄んだ青い瞳。

愛おしくて、自分から唇を重ねた。

ナザールを抱きしめる腕の力強さに身を任せる。

「……おまえも昂《たかぶ》っているだろう？」

吐息混じりの低い声で囁かれ、耳から尾てい骨《び》まで淫猥《いんわい》な痺れが走った。

大勢の目に晒《さら》されながら長い時間を過ごしたことで、ナザールの緊張と疲労は頂点に達していた。小さな一歩だが、やり遂げた興奮が体中に満ち溢《あふ》れている。

それが如実《にょじつ》にナザールの男性器官を硬化させてしまっていることを、ロキに知られている。

「宥《なだ》めてやろう」

「ん……」

性的な興奮ではなかったはずなのに、服の上から雄の部分を撫でられることで、容易に情欲にすり替わっていく。

ロキの指は布越しにつけ根から伸び上がった肉茎の裏筋をなぞり、ぎりぎり鈴口をかすめない亀頭との境目を円を描くように撫でる。

「う……、ん……」

何度も裏筋を往復され、もどかしい感覚に頭を振ってむずかった。

衣《ころも》の下で硬く張りつめた性器がびくびくと跳ねている。直接触って欲しいけれど、はしたない願いを口に出すほどには、まだ理性が失われていない。

ロキの服をつかんで奥歯を噛み、よじれそうになる腰を懸命に抑えると知らず後蕾《こうらい》に力が入ってしまう。

靴の中で汗ばんだつま先がくっと丸まり、宙を掻く。

気持ちいい……、ああ……、でも、このままじゃ……――。

「服が……、汚れてしまいます……」

婉曲《えんきょく》な言葉で、脱がせて欲しいとねだってみる。

ロキはぺろりとナザールの頬を舐め上げると、淫猥に口もとを歪めた。

「汚したくなくば、どうすればいいか考えろ。帰りも眷属たちに付き添ってもらって輿に乗るんだろう？」

かぁ、と頬に血が上る。

昨夜ロキに神殿に行きたいと話したときに、帰りはロキが連れて帰ろうと言ってくれた。だが民に自分の姿を認識してもらうのも目的なので、輿に乗って戻ると断ったのだ。

ロキは自分が連れ帰れないことを残念に思ったようだったが、仕返しのためのちょっとした意地悪なのか……。

ほとんどの場合は、「脱がせるのは男の楽しみだ」というロキが脱がせてくれるのを待つ。脱げと命ぜられて自分で脱ぎ落とすときは、ロキが羞恥を堪《こら》えるナザールの姿を楽しむときである。

「どうした、汚したいのか」

楽しげに耳朶《じだ》を舐め上げて促され、おそるおそる下衣の前立てを寛げた。

下穿きをずらしたときに、待ち構えていたように珊瑚《さんご》色の肉杭が飛び出した。期待に先端を膨《ふく》らませ、精路の小孔から透明な蜜を滲《にじ》ませた姿が我ながら貪欲すぎてめまいがする。

思わずきつく閉じてしまったまぶたに、ロキが口づけた。

「そこだけじゃないだろう?　おまえの体で蜜を迸《ほとばし》らせるのは」

ぎくりとして目を開けた。

すでに胸の先端から滲み始めた体液が、肌着を濡らしている。多少の乳が零《こぼ》れるのは日常生活でもよくあることだが、達するほど感じれば上着まで滲み込むほど大量に漏れてしまう。

「待って、ください……」

快楽を欲してもつれる指で、上着の釦を外していった。

上着の前を開くと、急いで肌着を首もとまで捲り上げる。淡紅に尖った乳首から、白い線がツッと臍《へそ》まで引いた。

「あ……」

生温かい感触に肌が粟立《あわだ》つ。

ナザールの腰に腕を回して上半身をのけ反らせたロキが、流れた乳を腹から胸まで舐め上げた。そのままじゅぷ、と乳首を唇で覆い、力強く吸い上げる。

「はっ……、ん……、んん、あぁ……」

敏感にそそり立つ乳首を甘嚙みされ、びくんびくんと体が跳ねる。

脚の片方は玉座の肘かけに、もう片方はつま先が床につくほど自然に開いてしまった股の間で、ナザールの雄が屹立している。

前立てを開いただけの状態でそれだけ飛び出ている様が、みっともなくて直視できない。

体を震わせるたびに卑猥《ひわい》に左右に揺れるのが死にたいほど恥ずかしいのに、両手は捲り上げた肌着をつかんでいるせいで、下肢を押さえられない。

刺激を求める肉茎が切なく疼《うず》いて、慰めを欲して先端からたらりと滑《ぬら》ついた涙を流した。

「ロキさま……！　ロキさま、お願い……！」

乳に吸いつくロキの膝に、尻をすりつけて身悶えながら懇願する。

硬く張りつめたものをロキの手に包まれたときは、悲鳴を上げるほど感じた。

「や、あ、熱いっ……！」

それ自体がひどく発熱しているように熱い。大きな手で扱《しご》き立てられれば、ナザールは魚のように淫猥に白い腹を蠢《うごめ》かせた。

先走りが溢れて抽挿《ちゅうそう》を滑らかに促す。亀頭のくびれをぐるりと撫でられ、快感でぱくぱくと口を開く精路の出口を親指でくじられる。

「ややあっ、ああ……！　それ、そこは……、あああぁぁ――ッ！」

ロキの唇が吸いきれない片方の乳首から、たらたらと肌を伝う乳が臍のくぼみに溜まる。

血の集まる陰茎が赤く色づき、射精に向けて膨れ上がった。

なのに。

「つぅっ……！　あ……、や、ぁ……っ！」

ぎゅっと根もとを握られ、痛みに身を竦《すく》ませた。駆け上がろうとした衝動を止められ、淫らに腰が動いてしまう。まぶたの裏に赤い火花が散った。

「あ……、なんで……。だ、だしたい……」

涙目で縋《すが》ると、ロキはナザールの先走りに塗《まみ》れた指で、臍のくぼみに溜まった乳をすくい上げた。

その指で、淫熱で乾いたナザールの唇を潤すようになぞる。

「う……、ん……」

先走りと乳の混じった淫液を塗られ、嫌がって首を振った。舌を伸ばしたロキが、べろりとナザールの唇を舐める。

「淫らな味だ。おまえだけの……」

ロキは見せつけるように自分の手をナザールの眼前《がんぜん》に持ち上げ、大きく口を開いたまま舌を伸ばして淫液を舐め上げた。

解放寸前で真っ赤に腫《は》れ上がったナザールの雄が、ずきりと痛む。

「あ……」

いかにも美味《うま》そうに舐めるロキと目が合ったとき、喩《たと》えようもない興奮に包まれた。

欲しい……————!

後孔がきゅっと締まる。肉筒が蠕動《ぜんどう》してたくましい熱塊を咥《くわ》えたがる。

狭道《きょうどう》を強引に押し広げて、肉の壁を猛りきった怒張でこすり上げて、腰の奥の快楽の蜜壺に熱い飛沫を散らして欲しい！　後蕾で泡立つほど精を注いでかき混ぜて……！

「ロキさま……！」

頬を引き寄せ、唇を奪った。

ロキはナザールの頬から顎、首筋を通り、胸までべっとりと淫液を塗りつける。

そんなことをされたら、なにをしていたか眷属たちに匂いで知られてしまう。でももう情動が止められない。あとできれいに拭くから、いまは止めないで。

ロキの手がナザールの下衣に潜《もぐ》り込み、濡れた指で後孔をくすぐる。

すでに欲しがってほころび始めていた花襞《はなひだ》は、指を迎え入れるように口を開いた。

「ん……、あ、ああ……、いい………」

ロキの首に縋ったまま熱い息を吐く。

指を抜き差しされるたび、襞がやわらかく練られていった。指を増やされ、官能的な痛みに眉を寄せる。

窮屈《きゅうくつ》な孔《あな》の中で揃えた指を広げられると、襞口が開かれるのに合わせてわななく唇も開いた。

こりこりとしたしこりを撫でられれば、体奥からなにかが溢れてじゅんと濡れる。

「はやく……」

焦《じ》れてロキの首筋を吸いながら、咥え込んだ指を肉孔で締めつける。

ロキは低く笑い、ぬぷりと音を立てて指を引き抜いた。

「あっ……！」

簡単に抱え上げられ、椅子に坐《ざ》したままのロキに背中を預ける形に姿勢を変えられる。

ロキは揃えて折り曲げたナザールの膝裏に片腕を通して抱え、もう片方の手で下衣を腿まで下ろして尻を露出させた。

ほぐされた蕾《つぼみ》に、熱く硬い肉槍が押し当てられる。

「あ、ぁぁ……、あああああ……っ！」

ずぬぅ……、と極太の肉笠が襞を割って押し進んできた。

ナザールの雄は、極端に折り曲げられた体の腹と腿の間に挟まれ、亀頭の切れ目が窮屈そうに上を向いている。

脚を揃えて抱えられているせいで、いつもより孔が狭い。みっちりと閉じた狭い粘膜を、ふてぶてしい肉の塊《かたまり》が傍若無人《ぼうじゃくぶじん》に突き上げる。

「やあっ……！　ああっ、まって……！」

激しく穿たれ、脳天まで快楽が突き抜けた。

白目を剝《む》きそうな快楽の中でも、供をしてくれた眷属たちの顔が脳裏をかすめる。

「だめっ……、だめ、いやっ、ふくが、よごれ……ああああ――――っ！」

いや、だめ、と繰り返すナザールに、ロキは荒い息をつきながら腰の動きを止めた。

「くそ……、だから俺が連れ帰ってやると言ってるのに……」

ロキは背後からナザールの首筋をひと嚙みすると、ナザールを抱えたまま立ち上がった。挿入の角度が変わり、ロキの剛棒の先端がごつりと腸壁に当たる。

「く……、ん……」

結合を解かぬまま体勢を変えられ、玉座に手をつく形で立ったまま後ろから塡《は》められた。

「ほら、服を汚したくないのだろう？　ちゃんと自分で押さえていろ」

ロキはナザールの手を取り、腰にかかる上着の裾に導いた。

自分で捲っていろと言うのだ。

使う部分だけ、しかも自分の手で露出していろなどと、全裸より余計にいやらしい。

「脱がせてください……」

「裸で玉座にもたれかかっているのも興奮するが、着衣のままというのも淫靡《いんび》でいい」

そんな。

「でも……、でも、肌着も……」

一方の手で上着を捲り、もう一方の手を玉座について体を支えていたら、肌着を捲り上げておけない。

ロキは肌着の裾をナザールの口に咥えさせた。

「しっかり噛んでいろ。口を離すなよ」

これでは喘ぐこともできない。

まるで強淫されるような不自由な交接に、頭の中が熱で曇りそうなほど興奮した。どうすればナザールが悦《よろこ》ぶか、ロキは知り尽くしている。

肌着を噛んだまま肩越しに蕩《とろ》けた視線を送れば、ロキはナザールの薄い腰骨をつかんで腰を打ちつけた。

「ひぅ……っ!」

思わず口から取り落としそうになった肌着の裾を、きつく歯で噛んで堪えた。

「ん、ん、ん、ぅ、ぅぅ……、ふっ、ぅ、んんぅ……っ」

激しく淫肉を抉《えぐ》られ、人形のように体を揺さぶられる。

だんだんと体が前傾し、玉座の背もたれに頬をつけてしがみつく姿勢になった。

「もっと腰を反らして尻を突き出せ」

つい逃げ腰になる尻を音が立つように叩かれ、片膝を玉座の座面に乗せた。

自然に結合部が上向き、より深くまでロキを受け入れる。

「いいぞ」

褒められれば、心が痺れる。

ロキは滑らかなナザールの腹を撫で、細身のナザールの脇腹から腰へのくびれに手を這わせた。熱い手のひらの動きにぞくぞくする。

「知っているか。おまえの細腰の線は芸術的だ」

後ろから自分の腰がどのように見えているかと想像するだけで、脳が沸騰《ふっとう》する気がした。

ロキが褒めてくれるなら、恥ずかしくてももっと見て欲しい。

「次のときは全裸で脚を開かせて、玉座の肘かけに両脚をかけさせてやろう」

好色な発言に肌を燃やしてしまう自分がいる。

神殿で。聖なる玉座で。

神と淫行に耽《ふけ》っている。ただの人間なのに、なんて罰当たりな。

でもロキに求められるならなんでもする。彼との行為ならどんなことでも受け入れる。神だからというだけでなく、彼自身が愛しいから従いたい。

熱く濡れた蜜壺の中で、ロキの男根が終焉《しゅうえん》に向けていっそうたくましく漲《みなぎ》った。背に覆い被《かぶ》さってきたロキが、ナザールの雄をつかんだ。

「んんんぅ、ん……っ」

「愛している、ナザール……。美しい俺の花嫁」

耳もとで囁かれ、快楽で埋め尽くされた頭に愛しさが膨らむ。

「あ……、愛しています、ロキさま……！」

思わず肌着の裾を離して叫んだナザールの最奥《さいおう》で熱が爆発すると同時に、ナザールの陰茎と胸先から迸った白い蜜が玉座に飛び散った。

＊

それからもナザールは何度も神殿に足を運び、そのたびナザールを見る民の視線はやわらいでいった。

「そろそろ神殿に移り住んでもいいかもしれませんね」

ハクに言われ、ナザールもそれがいいかもしれないと思い始めた。

眷属が住む北の森は大好きだし、慣れ親しんだ館から離れるのは寂しいけれど、ロキの役目を考えたら神殿に住むのが正しいのだ。町の民からなにか訴えがあったときのために夜間でも常に神殿に眷属を配しているが、万が一のときは対応が遅れるかもしれない。

そんな〝万が一〟は百年に一度もあるものではないが。

少なくとも町が脅威に晒されたのは、ナザールが知っている限りでは昨年のカドヴォスの襲来一度きりである。あれは類を見ない大規模な脅威だった。

だが通常の魔物程度なら、眷属だけで充分事足りる。ロキの眷属は昼夜を問わず市中を警護して歩き回っている。民は灰色の獣の姿を見て安心するのだ。

「でも、子どもたちへの授乳はどうすれば？」

「本来は親である眷属が順に仔を連れて神殿へ参上するものです。それは他の神や花嫁も同じですので、いまのナザールさまの方が異例ですね」

そうなのか。

けれど神殿に移ってしまったら、ハルラールに勉強を教えてもらう機会がなくなってしまうかもしれない。

ハルラールは眷属の仔らを教育している。町を守る力のない少年少女は、大人の眷属に守られて森で暮らしているのだ。

いまはナザールも時間を見てハルラールに教えを乞うているが、神殿ではそうもいかない。自分の都合でハルラールを呼びつけるのも傲慢《ごうまん》だし、かといってナザールが森に通うには他の眷属が警護につかねばならず、手間をかけてしまう。

ヴェロンダに相談してみると、あっけらかんと、

「そんなの、ハルラールが神殿に行くよ。ナザールさまが移動するのは時間かかるけど、あたしたちだったら獣に変われば大した距離じゃないし」

と言われた。

「ご迷惑では……」

「気にしすぎよぅ。ナザールさまの立場なら、ただ〝来い〟って言えばいいのに、下の者に気を遣いすぎじゃない？」

「下の者だなんて」

神の花嫁の身分が眷属より上なのだと、理屈では理解している。けれどそれはロキに付随する身分であって、ナザール自身が偉いわけでもなんでもない。

自惚《うぬぼ》れてはいけない。自分は赤子以外の眷属の誰よりも年少で、みな先達《せんだつ》であると尊敬している。花嫁としての威厳を持って堂々と眷属を使うことは、自分には一生できそうもない。

「ま、それもナザールさまのいいところか。気になるなら、ハルラールにお願いに行こうよ。命令じゃない、お願いだよ」

ナザールのためにそういう言い方をしてくれる。やさしいなと、心からありがたく思う。

ヴェロンダに幼児のように手を引かれ、部屋で本を読んでいたハルラールのもとを訪れた。

ナザールが頭を下げて頼むと、ハルラールは穏やかにほほ笑んだ。

「お顔をお上げください。もちろん私もそのつもりでした。ナザールさまのご都合のいい時間に伺《うかが》わせていただきます」

ハルラールは上品な香りのするお茶を淹《い》れ、甘い焼き菓子を二人に勧めた。

「神殿へ移られること、よく決心されましたね。ナザールさまは本当に努力しておられる。私も眷属として鼻が高いですよ」

「もったいないお言葉です」

きっと自分はいい方に変われている。これからも頑張ろう。

「ロキさまはまことによい花嫁さまを娶《めと》られました」

にっこりと笑うハルラールに被せて、ヴェロンダが声を上げる。

「ほんと、あのロキさまがナザールさまひと筋だもんね。あんな嫉妬《しっと》深くてべたべたくっついてるロキさま、初めてだよ。ナザールさまに捨てられたら、自殺しちゃうんじゃないの」

「まさか」

傍《はた》から見ても、ロキはナザールを大切にしてくれているのだ。

満ち足りた気持ちで茶を口にしたナザールに、予期していなかった衝撃が襲う。

「でも本当に、ナザールさまがいなくなったあとは石になりかねないわ」

「……え？」

心臓が妙な脈打ち方をした。

――わたしが、いなくなったあと……？

「それは……、どういうことですか？」

ハルラールは叱るような視線でヴェロンダを一瞥《いちべつ》したあと、表情を硬くしたナザールに向かって言葉を繋いだ。

「人間を愛しすぎた神は、その者を失った嘆きのあまり、石に変化して眠りについてしまうことがあるのです。もしくは他の人間を愛することができず、花嫁を娶らずに眷属とともに緩やかに滅亡していくか。人間の寿命は短いものですから、避けられることではありません」

ナザールの呼吸が止まった。

ハルラールの言葉が頭に染み込むまで時間がかかり、理解した瞬間、音を立てて椅子から立ち上がった。

「ロキさまが……、眷属が滅亡……？」

真っ青な顔で震えながら、口もとを両手で覆った。そうしないと、口からなにかが飛び出てしまいそうで。

ロキの愛情は疑いようがない。

この先もナザールだけだと言ってくれた。他に花嫁は娶らぬと。

ナザールの自惚れでなく、真剣な愛だと思っている。ロキは約束を守ってくれるだろう。それが……、ああ、それが一族の滅亡を意味しているなんて！

ロキは石になってしまうかもしれない。そうでなくとも、自分亡きあと、花嫁のいない神の一族はいずれ滅びていく。

愛されることに溺《おぼ》れるあまり、神と人間との決定的な寿命の違いを考えていなかった。なんて愚かな自分！

ヴェロンダはロキと同じ青い瞳でナザールを見る。

「神と人間の寿命の違いに気づいてなかったなら、嫌なこと言っちゃってごめんね」

こんなにロキに愛してもらっているのに、返せないものがある。

ヴェロンダは悪くない。彼女の言う通り、わかりきっていたことだ。

むしろいまのいままで神と人間の寿命の差について思い至らなかった、自分の思慮のなさに愕《がく》然《ぜん》としている。

「わたしのせいで……、眷属も……」

相応の覚悟をもって愛してくれるロキのみならず、目の前のヴェロンダやハルラールも、いま自分が育てている眷属の仔らも巻き添えにする。

滅亡するとわかっていて育てるのか。そんな傲慢が許される道理はない。

ハルラールは冷静な目で、諭《さと》すように言った。

「眷属は神につき従うもの。ロキさまがナザールさまを選ばれ、ともに果てようとお考えなら、我らはロキさまに従うのみ。それが我らの運命。疑問を持ったり憤《いきどお》ったりする余地はありません。ナザールさまはどうぞ憂《うれ》いなくロキさまに愛されてお過ごしくださいませ」

「ハルラールの言い方だと諦めっぽく聞こえるかもしれないけど、違うからね。ロキさまもあたしたちも、ナザールさま以外の花嫁はもう考えられないの。あたしたちが決めることよ。それで石になるなら本望だわ」

ぶるぶると身を震わせた。

ロキの決定ならと、彼らは運命を受け入れている。

本当にそれでいいのか。

体の中からなにかが崩れて抜け落ちていくようで、ナザールは息も継げずに地面を見つめた。


夕食ものどを通らず、ナザールは自室に籠《こ》もった。ハクとジダンが心配してくれたが、なんでもないと答えられるだけの元気もなかった。

動揺で頭の中がぐちゃぐちゃにかき混ぜられているようで、ろくにものが考えられない。

町に守り神がいなくなれば不自由はするだろうが、バラーのときのように他の神と契約することもできる。

頭を巡るのは、ロキと一族の運命のことばかり。

誕生日に、ずっと自分だけを見て欲しいなどと不埒千万《ふらちせんばん》な願いをしてしまったことを、悔やんでも悔やみきれない。

もう少し自分が聡《さと》かったら、自分亡きあとは別の花嫁を娶って一族の繁栄をと進言できたものを、自分の愚鈍《ぐどん》さに吐き気さえする。

どうしよう……。いっそ、ロキの前から逃げ出して隠れてしまいたい。

いや、そんなことをしても簡単に見つけられる。もう、別の花嫁を娶ってくれと遺言して命を絶つしか……。

「ろくでもないことを考えるな」

突然声がして振り向けば、不機嫌を露《あらわ》にしたロキが背後に立っていた。

自由に空間を移動できるロキは、それでも礼節を持っていつもは入室前に扉の外から声をかける。そうしないということは、それだけ余裕がないということだ。

ナザールはロキの姿を見るなり、伏して床に額をすりつけた。

「お許しください、思い上がっておりました……」

「やめろ、そんなおまえは見たくない。なにを思いつめる必要があるのか理解できぬが、おまえは俺の隣にいればいい」

吐き捨てるように言われても、顔を上げることとさえ叶わない。

「わたしはあなたと一族のためになりません。どうか…………」

離縁を、と言わねばならぬのに、ふがいない唇はどうしてもその言葉を発さず震えるだけ。

この期《ご》に及んで、なんと独善的な。

「やめろと言っている。聞こえないのか。顔を上げろ」

そろそろと顔を上げると、ナザールの瞳を見たロキがどこかが痛むように顔を歪めた。

「余計なことに心を煩《わずら》わすな。おまえは眷属を育て、俺を愛することに心を傾けろ」

「……滅ぼしてしまうのに？」

「だからなんだ」

その答えに、ロキもわかっていたのだと胸苦しくなった。わかっていなかったのは、愚かな自分一人。

怒りに満ちていたロキはしばらくナザールを見つめ、やがて長く息を吐いた。

厳しい表情は変えぬまま、静かな口調で問う。

「ナザール。おまえは死を間近に控えた両親に孝行するのを、どうせすぐ死ぬのに無駄だと思うか？」

「…………いいえ……」

はらり、と涙が零れた。

ロキの言わんとすることがわかる。

「勝てぬ戦に臨《のぞ》む恋人と最後に愛し合う行為に意味はないか？　帰らぬ恋人を待ち続ける愛を、くだらぬと切り捨てるか？」

胸にこみ上げるものがあった。

先がなくとも意味のない行為などない。すべてが尊い。

ナザールは涙を散らしながら、首を横に振った。

「いいえ、でも……！　自分が身を引くことで子が長らえるなら、親はそうするものではありませんか？」

自分にとっても、眷属の仔らは子ども同然である。彼らの未来を、自分が奪うなんて。

「生者必滅《しょうじゃひつめつ》。それは神とて同じこと。おまえのいない何千年を生きるより、おまえと歩む数十年の方がどれだけ幸福か」

「それは……、でも、眷属の方々には……」

「俺の眷属を見くびるな。ただ命を長らえたい者など一人もおらぬ。ヴェロンダにも言われたろう。奴らの幸福は奴らが決める。一人としておまえを疎ましく思っている者がいたとして、俺が気づかぬと思うか」

眷属たち一人一人の顔を思い出す。

みなロキとナザールを心の底から愛していると全身で感じている。その愛に打ちひしがれる日が来ようとは。

嫌われていたら、みなナザールを追い出せと言ってくれたろうに。

感謝と恐怖と罪悪感で、胸が壊れそうだ。

ロキは片膝をついてナザールの前にしゃがみ込み、苛立《いらだ》たしげに小さな顎をつかむ。正面から青い瞳に睨《にら》まれて、身が竦んだ。

「いちばん俺を愛しているおまえが、なぜ俺の気持ちをないがしろにする。おまえを知ってしまったのに、他の人間を抱けというのか。おまえならできるのか！　俺にはできぬ！」

だんだんと声が大きくなっていき、最後は激昂《げっこう》した声音になった。

抑えきれぬ激情に、ロキが肩で息をする。

長い間見つめ合い、やがてナザールの涙で濡れた頰をやさしく撫で、青い瞳を切なげに細めた。

「もう……できぬ」

ぶわりと愛しさが胸にこみ上げた。

「ロキさま……！」

泣きながらロキの首に取り縋った。

自分だってできない。ロキでなければ嫌だ。

ロキに残酷なことを言った。どこまでも愚かな自分が心底嫌になる。それでも、ロキはナザールを選んでくれる。

「おまえが俺の……、俺たちの運命だ。俺はわがままな男だ。おまえの辛さも気持ちも、全部わかった上で言う。頼む、一緒に受け入れてくれ」

頷く以外なにができるだろう。

ロキの愛に焼かれた自分も、もう後戻りできないほど愛しているのだ。

観念して、目を閉じた。

決して自棄《やけ》にならぬこと。ロキと深く愛し合うこと。この命尽きるまで、一族に仕えよう。

「愛してください、ロキさま……」

ナザールを抱き留める広い胸に涙の残る頬を押し当て、ロキの匂いを嗅《か》ぎながら心の中で眷属に詫びた。

5.

「ん……、あ、ん、ロキさま……、これ……、いい……」

ナザールの唇から、艶めいた声が零れた。

寝台に坐したロキに背面で膝をついて跨《また》がり、肉杭を咥え込んだ腰をゆったりと動かす。

亀頭の張り出した部分を肉の環に引っかけ、浅く上下に動いて感じやすい肉襞が広がる感触を楽しんだ。

「そこもいいが、もっと深く呑み込め。おまえの狭い部分で締めつけられたい」

焦れたロキが、下から腰を揺すって軽く突き上げた。

「あん……っ」

ナザールの首筋から肩口に愛咬《あいこう》の痕を散らしながら、ロキの手は乳首と花茎も同時に弄《いじ》り回す。

この体勢だと、ロキがナザールの全身をくまなく愛撫できる。

「もうすこし……、たのしませて、ください……」

後ろ手にロキの頭を抱え、首をねじって唇を合わせた。

ロキの両手がナザールの胸を大きくつかみ、薄い肉をぐにぐにと揉み上げる。

「おまえもまぐわいを楽しめるようになってきたな。嬉しいぞ」

ナザールは上気した頬を、嬉しそうに弛《ゆる》ませた。

積極的に動けばロキも悦んでくれる。

ロキとともに運命を受け入れることを決心してから、羞恥などというものは捨てて愛情を示すことにした。

後ろから抱きしめてもらえるこの形が好きだ。背中に当たるロキの男らしい胸板に興奮する。自分の主導で好きな場所を探れるのも、耳もとで甘く囁いてもらえるのもいい。

「ロキ、さま……、すき……」

口づけながら、肉孔でロキの雄茎を扱き上げる。

ロキの極太の男根は、半ばまででもナザールの内側の膨れた弱みをごりごりと削り、最奥まで呑み込めば腹を突き破りそうなほど長大だ。

獣のように激しく奥を穿たれて果てるのもいいが、ゆっくりとロキを感じて愛し合いたい。自分の動きでロキにも心地よくなって欲しい。

好きなだけロキを楽しんだあと、求めに従いずっぷりと腰を沈めた。

「あ……、はぁ……、ああ、ふかい……」

ロキに暴かれるのと、自分で奥深くまで抉るのは全然違う。

この体位だと怒張の先端は臍の裏まで届き、肉槍で自らを串刺しにする生贄《いけにえ》のような、被虐《ひぎゃく》的《てき》な快楽に酔い痴《し》れる。

みっちりときつい肉でロキの男根を食みしめ、蕾を閉じるようにぎゅっと力を入れるとロキの唇から熱いため息が漏れた。

「ここち、いい、ですか……?」

答えの代わりに、ロキはナザールを抱きしめて首筋に唇を這わす。

性急な動きが心地いいと伝えてきて、嬉しくて咥え込んだ雄をより締めつけてしまう。

ロキにもっとよくなって欲しくて、息を乱したまま前傾し、寝台に片手をついた。前から結合部に手を伸ばしてみる。

「あ……」

ロキの雄茎の根もとに触れた。

そこは熱く湿っていて、驚くほど硬い。二本の指で太い根もとを挟んでこすると、ナザールの中でロキの男根がぐんと太さを増した。

「ひう……っ、あ、おおき、い……」

肉道の中で熱い塊が脈打っている。体の内側から焼け爛《ただ》れそうなのがいい。

自身の肉襞を撫でると、そこはひくひくと震えながら、口を開ききって美味《うま》そうにロキを頬張っていた。

「こんな、に……、ひろがって……」

実感すると、怖いくらいだ。

いつもロキの雄を口に含んだり手で扱いたりしているのに、自分でも見たことのないような小さな窄《すぼ》まりが広がってあれを受け入れているのかと思うと、脳が熱くなるほど昂った。

もっともっとロキを知りたい。

自分とロキが心地よくなる手管《てくだ》を覚えたい。

手をさらに奥に進め、たっぷりと精の詰まった睾丸をやさしく揉みしだいた。

塡めたまま触れるのは初めてだが、口淫をするときはときおり睾丸を口に含む。飴玉《あめだま》をしゃぶるように口中で転がすとロキも心地よさげにするから、少しは感じるはずだ。

「珍しいな、おまえがそんなところまで愛撫するとは」

ロキも楽しんでいるのか、ナザールの好きにさせる。

「嫌ですか?」

「悪くない」

二つの珠《たま》を手の中で弄《もてあそ》び、後腔まで続く睾丸のつけ根を指でこすって濃厚な刺激を与えた。

ふと思いつき、自分がロキを咥え込んでいるのと同じ器官を指の腹でなぞる。

「こら」

くすぐったいのか、ロキはいたずらした子を叱るように笑いながらナザールの背に覆い被さってきて、耳朶を甘噛みした。

初めて触れるロキのそこはやはり襞になっていて、汗で蒸れているように思える。

「わたしが触れられると心地いいので、ロキさまもそうかと思ったのですが……」

「気持ちはありがたいが、俺はそこは未開発だ。おまえがどうしてもというなら試させてやらぬでもないが、舐めようが指を挿《い》れようが、あまり芳《かんば》しい反応を期待するな」

「そ、そこまでは……」

表面を撫でてよくなってくれたら、と思った程度だ。自分ならそれだけで蕩けてしまいそうになるから。

「俺はやはりこっちだ」

「ひゃう……っ！」

ぐい、と腰を突き入れられ、雄の存在を感じさせられる。

後ろから二の腕をつかまれて小刻みに奥をこねられると、蜜壺から快感が溢れ、のけ反って官能に溺れた。

のどを晒して快楽に喘ぐナザールのうなじに、ロキが歯を立てた。

「自分でいいところに当てられるか?」

ナザールはこくりと頷《うなず》くと、ロキの腿に手を置いて腰骨を前へと突き出すようにした。ロキの雄の先端が、ぐりっと淫道の前壁に当たる。

「あ、ぅ……」

そのまま恥骨《ちこつ》を圧迫するように白い腹を波打たせると、毎夜の快楽で育て上げられた弱みの上を往復して嬌声《きょうせい》が上がる。

「ひあぁっ、あああっ……、ぁ、ぁ、ぁ、ああ、ここ、すご……、ああーー……!」

感じすぎて逃げてしまいたいほどなのに、痛いほどの刺激がよくて止められない。肉道のいちばん締まるところを狙って亀頭を挟み込んでこすり上げた。

深い挿入と愛欲に没頭して、ナザールは空が白むまで腰を振り立てた。

神殿に移り住み、時間ができればロキと連れだって町を練り歩いた。

以前よりいっそうロキと仲睦まじくなったナザールに、町の民の態度はだんだん軟化していった。

「守り神さまがあれだけ大事にしてるんだ。俺たちも大切にしなかったら罰が当たるだろうよ」

そんな声も聞こえ始めた。

ハルラールに課題をもらって勉強も熱心にするかたわら、リリアナに花嫁としての礼儀作法も教わっている。

優雅に見える歩き方から、貴族の館に招かれたときの挨拶《あいさつ》、立ち居振る舞い、会話の仕方まで、覚えることはたくさんあった。

剣の基本についてはラヴィに師事している。

ナザールは剣を持ったことがなかったから、体力も腕力も足りない。小柄なラヴィは力頼みの剣さばきでなく、最小の力で効率よく剣を扱う術に長けている。

花嫁のすることではないかもしれないが、いざというときに足手まといにならぬよう少しでも武器も使えるようになっておきたい。

もちろん眷属の仔に乳もやり、一日一日を後悔のないよう大切に過ごしている。

神殿の中庭で剣の練習をしていると、茂みの陰から小さな白い獣がぴょん、と飛び出してきた。

大きな三角の耳をぴんと立て、真っ黒な大きな目でナザールを見ている。

「狐《きつね》でしょうか。どこから迷い込んだのでしょう」

獣は真っ白な毛を持つ仔狐に見えた。

ラヴィが不審げなまなざしで仔狐を眺め、ロキを背にして剣を構える。

「どうしたのですか、ラヴィ」

「下がってください、ナザールさま。この近辺では見たことのない仔狐です。魔物かもしれません」

そうだろうか。目の前の仔狐はいかにもひ弱で、害などなさそうに見える。剣など向けるのも痛々しいような幼さだ。

「迷い込んでしまったのなら外に出してあげなければ。親が捜しているでしょう」

「そうですが……」

ラヴィは納得していないようだ。

生真面目で用心深いところは、彼の長所である。ナザールを守る責任感から、どんな些細な事柄にも慎重になっているのだろう。

ラヴィは獣姿に変わると、距離を取りながら、じっくり仔狐を観察した。

やがて鼻先を近づけると、くんくんと匂いを嗅ぐ。仔狐は自分よりはるかに大きな獣に臆《おく》することなく、小さな濡れた鼻を上向けてラヴィの匂いを嗅いだ。

人型に戻ったラヴィが、剣を鞘《さや》にしまった。

「動物の匂いしかしません。魔物ではないようです」

「では、外に逃がしてあげましょう」

神殿の囲いのすき間のどこかから入ってきて、出口がわからなくなっているに違いない。ナザールが抱き上げても、仔狐はなんの抵抗もしなかった。大きな目が愛らしくて、ナザールの頬が弛む。

「人に慣れていますね。どこかの家で飼われているのかもしれません」

仔狐はナザールの指のつけ根に口を当てると、ちゅっ、ちゅっ、と音を立てて吸い始めた。

「おなかが空いているようです。逃がす前に、なにか食べものをあげてもいいでしょうか」

ラヴィは厨房に仔狐のための食べものをもらいに行き、ナザールは仔狐を抱いて自室に戻った。

やわらかな絨毯《じゅうたん》の上に置かれると、仔狐はくんくんと鼻を鳴らした。ふわふわの毛と、丸みのある太い尻尾が愛らしい。

ナザールは賢そうな瞳で見つめてくる仔狐の鼻先を、指でちょんと触った。

「あなたはどこの仔でしょうね。お母さまが心配していないといいのですが」

話しかけていると、背後で扉が開いた。

ラヴィが食べものを持ってきてくれたのかと振り向くと、

「なにをしている」

「ロキさま」

ロキは仔狐に視線を注いでいる。

勝手に動物など部屋に入れたから怒っているのだろうか。

「申し訳ありません、この仔が中庭に迷い込んできて……。おなかが空いているようだったので、なにか食べさせてから逃がそうかと……」

ロキは寝椅子にどかっと腰を下ろすと、仔狐を睥睨《へいげい》した。

およそ仔狐も恐れる様子はないが、ロキもなぜ仔狐など気にするのだ。

ロキは楽な姿勢で脚を組んで頬杖をつき、ややして仔狐ににやりと笑いかけた。

「なにをしていると聞いている、バラー」

「え？」

ナザールが仔狐を振り向くと、仔狐の背後にゆらりと白い煙が立ち上った。煙はすぐに、美麗な人の姿に変わる。

ナザールの目が大きく見開かれた。

「バラーさま……!?」

床まで届く白銀の髪は、間違いなくカドヴォスとの戦いで消滅したはずのバラーだった。

すぐには信じられず、ナザールは身動きも取れない。

バラーはナザールにほほ笑みかけた。

「しばらくぶりですね、ナザール。元気な姿を見られて、安心しました」

記憶に残るやわらかく温かな声。

すべてを包み込むようなやさしいほほ笑み。

町の民を守るためにカドヴォスに鞭《むち》打たれ、鮮血に染まった無惨《むざん》な姿で絶命したバラーが生きていた。ナザールの心に歓喜が満ち溢れる。

「バラーさま、よくぞご無事で！」

走り寄って手を取った。

ロキは口もとだけは笑みの形だが、目は面白くなさそうにバラーを見ている。

「おまえはくたばっただろうが。どうして輪廻《りんね》の環に入っていない。なぜここに来た」

バラーは静かに笑う。

「神帝が私の転生を許してくれないのですよ。おかげで、こんな幼い獣の体に魂を閉じ込められました」

神は消滅すると肉体は塵《ちり》になり、魂は風になって神界へと戻る。そしてまた生まれ変わるという。

「生まれ変わられたのではないのですか？」

話がよくわからないナザールに、バラーは首を横に振った。

「転生とは、魂を浄化して完全にまっさらな状態にしてまた生まれ変わるものです。人間が生まれ変わるのと同じく、記憶も洗い流され、別の神として誕生するのです。私は輪廻の環に入れられず、もとの魂のままこの狐の体に入れられました。私はもともと白狐の神ですので、いずれ育てば同じ姿になりますが」

ではこの仔狐はバラーの幼体なのだ。

「神帝の仕業《しわざ》か。あいつならやりかねん」

ロキが鋭い目でバラーを見た。

「魂を転生させずに別の器に突っ込むなど、死者に対する冒瀆《ぼうとく》だ」

「それは私と神帝との間のこと。あなたには関係ありません」

ロキはしばらくバラーを見ていたが、やがて傲慢に顎を上げた。

「好きにしろ。たしかに俺には関係ない」

敵対しているようでいて、実際は祖父と孫である二人の関係の根底に流れているのが憎しみではないと知っている。

バラーはロキが力を失い、邪神として町を追われた間、いつか力を蓄《たくわ》えて戻ってくるロキのために町を守り抜いた。

ロキはカドヴォスとの戦いでバラーを助けるために、その身を挺《てい》して庇《かば》って大怪我を負った。

いまもきっと、ロキは神帝のしたことに憤りを感じたに違いない。祖父の安らかな眠りを願っていたから。

「それで？　なにしに来た。神帝の玩具になったのなら、奴に弄ばれていればいいだろう。ラヴィもラヴィだ。いくら神帝の力で幾重にも守られているとはいえ、魂の匂いも嗅ぎ取れんとは。鍛《きた》え直しが必要だな」

「それは気の毒ですよ、ロキ。大変優秀な若者とお見受けしました。神帝が眷属に見破られるような低級な術をかけるとお思いですか」

ロキは余計な世話だとでも言わんばかりにバラーを見ている。

「孫の顔が見たくなったから、と言っても信じてもらえないでしょうね。お察しの通りです、神帝があなたをお呼びです。私は使者として参りました」

ロキの頬がぴくりと動く。

「なんの用だ」

「神界の手前の迷宮に守り番として放っていた魔物が、育ちすぎて神帝の手に負えなくなってきました。あなたに討伐《とうばつ》をお願いしたいのです」

「断る。自分の手に余るまで魔物を野放しにしてどうする、あいつはばかか」

鼻を鳴らしながら、間髪《かんはつ》を容《い》れずに断った。

「口を慎みなさい。神帝に対してそのような言い方をするのはあなたくらいですね」

口ではたしなめながら、バラーもおかしそうに笑いを嚙み殺している。

「あれだけ育った魔物を討伐できるのは、あなたくらいしかいないのです。人間が好きなのはわかりますが、本来なら守り神などでなく、要職に就く力を持っているのですよ」

「くだらぬ。それに人間好きなのはおまえの方だろうが。命まで投げ出したくせに」

「とにかく、このままではいずれ神界にも人間界にも被害が及びかねません。どうか力を貸してもらえませんか。それともあなたともあろう者が、まさか魔物に怯えているわけではありませんよね」

「あいつの責任だろう」

それだけ言うとロキは無視を決め込むことにしたらしく、頰杖をついたまま横を向いた。

ナザールははらはらしながら、二人を見比べた。軽口のようでいて、バラーや神帝が困っていることがわかる。

ロキの態度を見たバラーが、矛先《ほこさき》を変えた。

「あなたからも口添えしていただけませんか、ナザール」

「それは……」

バラーにはひとかたならぬ恩があるのでなんとか助けたい。だが神々の王である神帝ですら手に負えないという魔物の討伐など、ロキを危険に晒すことを勧めるのはためらわれる。

「ナザールを巻き込むな」

ロキは眼光鋭くバラーを睨みつける。

「神が不在になると、花嫁は情欲に苦しむことになる。ナザールを苦しめるわけにはいかぬ」

ナザールは虚《きょ》を衝《つ》かれてロキを見た。

まさか、ロキが神帝の頼みを断っているのは、ナザールのため？

「ロキさま……」

不機嫌にバラーを睨むロキに、深い部分から愛情が湧き上がってくる。

ロキの愛に守られていることが、心の底から嬉しい。ロキの不在中は恐ろしい淫欲の飢餓感《きがかん》に襲われるだろうが、ロキが戦っていると思えば自分もきっと耐えられる。

「もしもわたしのことだけが問題なのでしたら、わたしからもお願い申し上げます。お考え直しいただくわけにはまいりませんでしょうか」

「わかっているのか。想像より辛いぞ」

「あなたが戦うことに比べたら、なんということもありません。あなたの花嫁を信じてください。どうか神界と人間界を助けてくださいませ」

ロキは苛々《いらいら》と髪をかき上げ、鬱憤《うっぷん》を吐き出すように荒い息をついた。

「おまえの頼みは断れぬ。……いいだろう、行ってやる」

バラーはちらりとナザールを見ると、うっすらと笑みを浮かべた。

「では早速ですが、出立は明日でお願いいたします。ナザール、しばらく離れることになりますから、存分に可愛がってもらいなさい」

意味していることを悟って、ナザールの頬が赤くなる。

「あなたが不在の間にナザールを任せる眷属を選んでおかねばなりませんね、ロキ。やはりハクとジダンですか」

「うるさい、いつからそんなに下世話になった。討伐などに時間をかけるつもりはない。俺が帰ってくるまで足腰が立たぬようにしておいてやるまでよ」

「それはそれは。壊されないようお気をつけなさい、ナザール」

まるで子どもの戯言《たわごと》を聞くような態度で、バラーは部屋を出て行くロキとナザールに手を振った。

バラーの姿がゆらゆらと揺れ、仔狐の中に消えていった。

「脱げ」

寝室にナザールを連れ込むなり、ロキは着ているものを脱ぎ捨てた。

全身を彫り物に覆われた、堂々とした体躯《たいく》が目の前に現れる。ナザールよりも二回りは大きい男の体。

隆々と盛り上がる肩と胸のたくましさ、引きしまった腰への荒削りな曲線の美しさ、大木のような腕や脚にも瘤《こぶ》のような筋肉が浮かぶ。

そして脚のつけ根には、黒々とした剛毛の間から、男なら憧れずにはいられない威厳のある大ぶりな雄が存在感を放っていた。

何度見ても惚れ惚れとしてしまう、究極の男の裸体だった。あまりにも、自分の体とは作りが違う。

「おまえの全身を目に焼きつけたい」

ロキはいつも、楽しみながらナザールの衣服を脱がしていく。こんなふうに最初から自分もすべて脱いでしまうこともほとんどない。

いつもはナザールの衣服を剥いてひと通り肌の感触を確かめてから、自分も肌を晒す。

そのロキが自分を抑えきれぬようにナザールを求めることで、どれほどナザールを置いていくことが気がかりなのかが推《お》し量れる。

魔物の討伐に、危険が伴《ともな》わないはずはない。自分でも頼んだこととはいえ、ナザールもわずかに残る不安を激しい情熱で焼き尽くしてもらいたくて、色気もない脱ぎ方で衣服を床へ落とす。

裸の肌を触れ合わせて抱き合ったときは、互いの熱さに安堵した。

「ご無事でのお帰りを、心よりお待ちしています……」

ナザールが太い胴をぎゅっと抱きしめると、ロキはナザールの頭の上に唇を落とした。

「俺のことより、おまえが心配だ。俺が留守の間、ちゃんと自分で自分を慰められるか?」

「だ、大丈夫です……」

ロキに触れられぬ間の、自分の体に起こる変化を思うと語尾が小さくなる。一度ロキが三日ほど留守にした際に、花嫁の体は激しい性の渇きに苦しめられるのだと知った。

一夜目にはどうしようもなく体が火照り、二夜目には溜まりきった乳と精が体を苛《さいな》み、三夜目には立つのも辛いほど慰めを欲して悶絶《もんぜつ》した。

たった三日で媚毒を盛られたように苦しんだのに、今回はどれくらいかかるか……。

「なに、情欲の山は一週間前後だ。体から俺の精が抜けてしまえば、徐々に落ち着いてくる」

「そうなのですか?」

あの苦しみが延々続くのは辛いが、ロキの温もりが体内から抜けていくのだと考えると、いつまでも苦しくてもいいような寂しさを覚えた。

「寂しいです……」

「本当におまえは愛らしいな」

ロキはふっと笑うと、どこからか黒光りするものを取り出した。

「それは……！」

一瞬でナザールの頬が赤く染まる。

ロキが手にしているのは、以前ナザールがハクとジダンから渡された、ロキの怒張を模《かたど》った張り型だった。

館の机の奥底に隠しておいたのに！

「そ、その……、それは……、使っていたわけではなく……」

羞恥のあまりしどろもどろになってしまう。

使用したのは一度きりだが、その後ハクとジダンに返すわけにもいかず、仕方なく部屋に隠し持っていた。

どうしてロキの手にあるのだ。

恥ずかしくてロキの胸に顔を埋めてしまったナザールの頬を、ロキは張り型でひたひたと叩く。

「俺がいない間、これを使うんだろう？　どんなふうにするか見せてみろ」

「そんなこと……！」

ロキの眼前《がんぜん》で、道具を使って自慰をしろなんて！

「離れていても、おまえが俺を想う姿を思い出して安心したい。俺もおまえを想って自分を慰めよう」

不安だと言われてしまえば、ナザールに否とは言えない。

張り型を持つロキの手に自分の手を重ね、羞恥を堪えて張り型に舌を伸ばした。

「ん……」

下から上まで舌の腹を使って丁寧に舐め上げ、尖らせた舌で裏筋を何度もなぞる。側面は唇で扱くように挟んで往復した。

ロキが熱い瞳で見つめているから、隠れたくなってしまう。

「俺が好きか？」

言葉を欲しがるロキに、きゅ、と胸が疼く。

「好きです……」

目を細めたロキが愛しくて、愛しくて、感じて欲しくて、じゅぷ、と先端を唇で包み込んだ。

深い切れ込みの入った鈴口に舌をねじ込み、えらの周囲を吸いながら舐め回す。

見つめ合いながらの口淫に、ロキの味が舌の上によみがえる。

「おいしい……」

唾液が溢れ、尖った先端にたっぷり塗《まぶ》してはいやらしく音を立てて吸った。

ロキの薄く開いた唇から艶《なま》めかしく濡れた舌が覗《のぞ》いて、自分もあの舌で舐められたいと思ったら陰茎と乳首が同時にしこった。

「俺の動き方を覚えろ」

「んぅぅっ……！」

張り型をぐっとのど奥まで押し込まれ、嘔吐感と紙一重の快楽がせり上がった。

自分ではつい手加減して届かない位置まで、じゅぷじゅぽと出し入れされる。

「ふぅ、ぅ、ぅん……っ、く、ふっ……、ぅ……、……」

そうだ、これがロキの動き方。

ナザールの理性を突き崩し、彼の色に染め上げる愛し方。

苦悶《くもん》に歪む顔を間近で見られ、ロキの表情に興奮がよぎった。

ぎりぎりまで呑み込まされ、張り型の先端でのどの最奥をこねられる。勝手にのど奥が収縮して締めつけた。

「おまえののど奥は先端に吸いつくようで、まるで名器だ」

その感触を思い出したのか、ロキが淫猥《いんわい》な笑みを浮かべた。

ロキの表情に、ナザールの興奮も高まる。

触れられる前からじんじんと痺れる乳首から、乳が白い線となってナザールの下生えまで濡らしていた。

「く……」

ロキがゆっくりと張り型をナザールの口から取り出す。

唾液が糸を引いて、ナザールの顎を汚した。

硬いものを出し入れされた唇はこすれて赤く濡れ、女陰のような卑猥さで太いものを失った喪失感にひくついている。

「いやらしい表情だ」

それがロキの褒め言葉だと知っている。

ロキは張り型の先端を、乳を滴《したた》らせる乳首に押し当てて下からすくい上げた。

「んあっ……！」

鋭い快感が胸先に走る。

糸のように線を描いて飛び出た乳が、張り型とロキの手を濡らした。ロキは構わず、硬い先端で乳首をくりくりと弄り回す。

「あ、あん……、や、あ……、ああ……」

白い乳が、黒光りする張り型の鈴口の溝《みぞ》を通って、太い茎を濡らしていく。まるで張り型から精液が溢れているようで、みだりがわしい眺めだった。

二人の眼前に張り型を持ち上げたロキは、見せつけるように張り型に纏いつく乳を舐め上げた。

ナザールの心臓が跳ねる。

「あ……」

ロキがたくましい男根を舐めているのを見ると、ロキが彼と同じくらい剛健な男と性交をしているのを想像してしまい、扇情《せんじょう》の中に嫉妬が混じる。

衝動的に、自分も張り型に取り組って舌を伸ばした。

これは自分のもの――！

「ん……、だめ、ロキさま……、わたしの……」

奪うように張り型をしゃぶった。乳の味が官能に突き刺さる。

ロキの舌とぶつかってしまい、そのまま互いの舌に残る乳の味を分け合うように、淫らな口づけと張り型への奉仕を繰り返した。

「ロキさま……、もう……」

さっきから後蕾が切なく疼いてたまらない。

穿って欲しくて、乳で濡らした指を後孔に潜り込ませた。

「ああ……、あつい……」

自分の中は驚くほど熱く、すでに男根を受け入れる準備ができているように蕩けている。

乳を塗り込め、二人分の唾液で濡れた張り型を蕾に宛がった。

「く……、う……、う、ぁ……――――、っ」

冷たい塊が熱い粘膜に心地いい。

茎の中ほどが太く膨らんだ形状のロキの雄を模した張り型は、真ん中で止まってしまった。

「ん……、ん……」

もっと奥まで挿れたいのに！

刺激を待ち構える粘膜の奥の方が蠕動して、熱く疼いている。

早く、早くとナザールの意識をそれだけに塗り替え、体の中で涎《よだれ》を垂らしているようだ。

奥まで挿れたい、自分だって……！

一度抜いて挿れようとするが、自分でしているせいか後腔に力が入ってしまって上手く抜けない。

もどかしさに腰をくねらせながら、膝立ちになって張り型の持ち手側を床につけた。

「う……」

張り型に手を添え、疼く粘膜の奥をめがけてひと息に腰を落とした。

「あああぁぁぁあああーーー……ッ！」

雷に打たれたような快感に貫かれた瞬間、理性が吹き飛んだ。

あとはもう、夢中だった。腰を振り立て、ごりごりと硬い張り型の感触に没頭する。

「あああ、ロキさま……っ、ロキさま、すき……！」

狭い肉で挟み込んで扱きながら張り型の向きを変え、対面での快感も背面での悦楽も貪欲に味わった。

「やぅ、ああっ、ああっ……！」

めちゃくちゃに自分を穿ちながら、快感の涙で曇った目をふと前方に向けると、寝椅子に腰かけて片膝を立てたロキが、自分の男根をすり立てていた。

「あ……、あああ……」

見られている。

ナザールの自慰を見ながら、ロキも手淫をしている。ナザールと目が合ったロキが、自分の男根を誇示しながら上唇を舐めた。

蠱惑的《こわくてき》な仕草にくらくらする。

あれが舐めたい……。

自分の最奥を張り型の先端でかき混ぜながら、もの欲しげに赤い唇を開いてロキの雄を見た。

「欲しいか」

ロキはもう一度自分の唇を舌で湿らせると、ナザールの前に腰を突き出して立った。ロキの雄は、怒ったように青黒い血管をくっきりと浮かび上がらせている。

「のみたい……」

凶悪な角度で天を衝くロキの剛棒を、ためらいもなく口に含んだ。

張り型とは違う、本物のロキの味と熱に、官能の甘い蜜がどろりと心を覆った。

ロキは手淫を続け、ナザールの口に塩気のある先走りの体液が流れ込んでくる。雄の匂いに触発され、我を忘れるほど張り型で自分を犯した。

肉孔を抉り抜く形と、舌に感じる味と熱。

どちらもロキだ。二人のロキと性交しているようで、目の奥が痛むほど興奮して感じている。

「ふぅ、ん、ぅ、ぅぅ……、んんんぅぅぅ――…………ッ！」

どぷりと口中に白濁が溢れると同時に、ナザールも精を噴き上げた。

脱力する脚になんとか力を込め、張り型を引き抜く。

ロキをぼんやりと見上げたまま開いてしまった唇の端から、唾液と精の混じった蜜が顎まで垂れ流れた。

開いた口腔《こうこう》内で、白濁に塗れた舌が痙攣《けいれん》している。

ロキはナザールの下唇を親指でなぞりながら、自分の舌をナザールの口内に挿《さ》し入れた。

「ん……」

やっと宙を漂っていた意識が戻ってくる。

分け合うように口中に溜まった精を飲み、互いの舌をからませて深い口づけをした。

「次は……、ロキさまを、ください……」

後ろ手に手をつき、大胆に脚を開いて膝を両側に倒した。

ぽっかりと口を開けた後孔の中で、真っ赤に熟《う》んだ肉が淫らにロキを誘っている。

しばらく会えなくなる花嫁に自分の形を刻みつけていこうと、ロキはナザールの唇を奪いながら伸し掛かっていった。

6.

まだ町の民のほとんどが朝餉《あさげ》の支度にも入らぬ夜明け、遠くの空が白々と明るくなってきている。

「行ってらっしゃいませ、ロキさま。お気をつけて」

神殿の広間で、仔狐であるバラーを抱いたロキはナザールに口づけて笑う。

「行ってくる。心配するな」

「お帰りをお待ちしております」

獣姿の夜伽衆が、供としてロキにつき従う。ハクとジダンは、国とナザールを守るために神殿に残った。ロキたちの姿が見えなくなるまで、ナザールはずっと見送っていた。

ロキのいなくなった広間の玉座を眺め、ナザールはロキと夜伽衆が無事に帰ってくることを強く祈った。

＊

一夜目は、全身が淫らな熱に包まれた。

「ん……、あ……、ロキさま……」

以前ロキが留守にしたときと違い、昼に眷属の仔に乳をやっているおかげで、体に溜まる乳は多くない。

触れて慰めたい程度に乳頭は疼くが、手淫で精を絞り出す程度で熱は収まった。

「はぁ……」

手の中に残る白い劣情の残滓《ざんし》にロキを想い、寂しくなって寝台に横になった。

まだたった一日なのに、ロキの顔が見られないのがこんなにも切ない――。


夜空に月が輝き、神殿を照らしている。

「う……、あ……、あぅ……、たすけ、て……」

ナザールは寝台の上で敷布を握りしめて身悶えながら、がちがちに張りつめた男根を無意識に寝具にこすりつけた。

何度目かわからない射精をし、色の薄まった少量の白濁を寝具の上に飛び散らせる。

「は……、はぁ、や、ぁ……、また……」

こすりすぎて赤くなった性器は痛いほどなのに、何度出してもまだ収まらぬと欲望を訴える。もう出すものなどほとんど残っていないのに。

ロキが留守にしてからというもの、四六時中昂ってしまう体を持て余し、まともな日常生活を送れないでいる。

三日目までの日中はまだましだった。

昼は多めに眷属の仔に乳を与え、衝動的に襲ってくる欲情を部屋に籠もって一人で処理をした。欲情の成分は乳に含まれているのか、吸ってもらうと大分楽になった。

四日目からは体が渇いたようにロキの精を欲し、乳を搾《しぼ》り出しても性衝動は薄まりにくくなった。どころか、乳を与えている最中に強烈に欲情してしまうこともある。

仕方なく乳をやることは諦め、自室に籠もることにした。

もはや体中を巡る乳は媚毒でしかない。ロキと離れてなお、こんなにも乳が溜まるほどに愛されていると思うと、苦しみながらもどこか陶酔《とうすい》するような幸福を感じる。

「ロキさま……、はやく……」

帰ってきて欲しい。

張り型で穿ち続けた後蕾はすでに痺れて感覚がないのに、ロキの熱を恋しがる淫肉が蠢いてナザールを責め立てる。

投げ出してあった張り型を震える手で握り、自らを宥めるために再び後蕾に宛がったとき、

「ナザールさま」

部屋の扉をノックされ、驚いて張り型を取り落とした。

ジダンの声がした。

「どうか我らを頼ってください。ロキさま以外の男に抵抗があるのでしたら、眷属の女性にお相手をさせますから……」

ジダンの声を聞いたら、体の中心を強い欲情が刺し貫いた。

慰められたい。

誰でもいいから、体中を引き千切《ちぎ》れるほど力強く愛撫して、しゃぶって、奥の奥まで暴いて欲しい————！

衝動的に縋る言葉を発しそうになる唇を手で覆うと、呑み込んだ欲情が苦痛となってのどまでせり上がった。

「い……、や……、あっちに行って……」

ほとんどしゃくり上げながら言うと、扉越しにジダンが切なく懇願する。

「お願いです、ナザールさま。このままではお体がもちません」

すでにナザールが自室に籠もって数日になる。欲情の波が引いている隙を見てかろうじて食事をしているが、だんだん食べられる量も少なくなり、疲れ果てて眠っている間以外はほとんど淫欲に頭が支配されている。

このままでは欲情の果てに悶絶死するか、体力が衰えて衰弱死する方が早いか。きっと眷属たちも心配しているだろう。

だからあらかじめ慰めはいらぬと断っておいても、ジダンは声をかけずにいられないのだ。

だがその心遣いも、いまは逆に辛い。

お願いだから、放っておいて。人の存在を感じさせないで。

「ナザールさま……！」

「ロキさまでなければ嫌です……！　わたしに触れたら舌を噛みます……！」

扉の向こうから息を呑む音がし、やがて静かに気配は去っていった。

ジダンに申し訳ないと心苦しくなりながら、安堵の息を吐く。

ロキはもう神界の手前にあるという迷宮にたどり着いたのだろうか。彼の言葉を信じるなら、苦しみの山はもうすぐ越える。

あと少し……。

自分などより、ロキの方が大変なはずだ。

すでに体力も限界を超え、朦朧《もうろう》とする頭で、ナザールはロキを想って目を閉じた。


「ナザールさま、よく頑張られましたね」

湯上がりに椅子にかけたナザールの長い髪を、背後に立ったハクが櫛《くし》で梳きながら言った。ジダンはナザールの前に膝をつき、ナザールが手にしている白湯《さゆ》の入った器を取り落とさぬか注意している。

ナザールは渇いた唇を白湯で濡らすように少量口に含んでから、やっと息をついた。

「ご心配をおかけして申し訳ありません……」

声もかすれている。

結局ナザールが部屋から出てこられたのは、ロキが出立してから十日後だった。山場を越えてもすぐに淫欲が引いたわけではなく、さんざん苦しめられた。

寝台をかき毟《むし》った爪の先は血が滲んでいたし、歯を噛みしめていたせいで顎も痛い。

しかし乳が涸《か》れていくに従い、淫欲も波が打ち寄せては引くように少しずつ引いていった。いまは搾っても乳が出てこない。

こういう状態のことを、種を抜く、というらしい。

神の精が種となり、花嫁の肉体を通して乳となる。一定の期間精を受けなければ乳は出なくなり、普通の人間と同じ体に戻るのだ。

通常は次の花嫁に席を譲《ゆず》るときに種を抜くという。だがその際は眷属が常に体を宥め、ナザールのように一人で種を抜く苦行《くぎょう》をすることはないのだとか。

現役を退いたあとは別宅に移り住み、気に入りの眷属を愛人にして過ごす花嫁も多いと聞いた。

「白湯をお飲みになったら、食事にしましょう。ナザールさまのお好きな豆のスープを用意してあります」

「ありがとう」

部屋から出てもすぐには食事が取れる体力もなく、薬湯を飲んで寝かせられた。それから薄いスープと粥《かゆ》を少し。

起き上がって粥が食べられるようになり、やっと湯浴《ゆあ》みができるほど体力が回復した。しばらくぶりで空腹を覚えている。

体はすっきりしたが、ロキの種が自分の中から抜けてしまったと思うと寂しい。彼が出立してもう半月が経《た》つ。

眷属に乳も与えられない自分にいまできることは、ロキの無事を祈ることだけ。

ロキが戻ってくるときのため、体調を整えておこう。そして美しい笑顔で彼を迎えよう。

痩《や》せてしまった腹を撫で、ナザールは食堂に向かうために立ち上がった。


自分の隣にロキがいない。

ナザールは寝台の上で寝返りを打ち、愛しい夫を想う。

ロキがいないだけで、寝台がとても広く感じる。こんなに寂しいなんて、まるで母親と離れて一人寝をする幼児のようだ。

「ロキさま……」

種を抜く際の性衝動が去っていても、彼を想えば下腹に熱が集まる。それは媚毒のような乳とは無関係で、ロキを愛しているから。

そろりと脚の間に手を伸ばし、しばらく逡巡してから手を離した。

いまこうしている間もロキが苦しい立場にいるかもしれないと思うと、自慰に耽《ふけ》るのは不謹慎に思われる。

「…………寝よう」

嘆息して、ナザールは目を閉じた。

夢でもいいからロキに会いたい。抱きしめて欲しい。

早く戻ってきて欲しいと望んでいるが、無事でさえあれば何年後でも構わない。ただ、ロキと眷属が危険な目に遭《あ》っていませんようにと願いながら、眠りに沈んでいった。

＊

ふわふわと、ナザールの意識が暗い洞窟のような場所を彷徨《さまよ》っている。

前方に突然、目も眩《くら》むほどの火柱が見えた。

ナザールはそちらに向かって走っていく。洞窟を抜けた広い空間では、ロキと獣姿の夜伽衆が、翼を持った巨大な火竜と戦っていた。

――ロキさま！　みんな！

これは夢なのか、精神だけがロキのもとへ飛んで行っているのか。だが息が詰まるような熱気を感じる。

火竜が、口から爆炎を吐き出して地面を薙《な》ぐ。

獣姿の夜伽衆たちはすんでのところで地面を蹴り、四方へ跳ね避けた。だがその中の一匹を狙いすまして、火竜の尾が叩きつけられる。

「ギャウ……ッ！」

獣の体が宙に舞い、岩壁にぶつかって地面に転がった。赤みがかった毛の色はヴェロンダだとわかる。

――ヴェロンダ！

ナザールはヴェロンダに向かって駆けていった。

その一方で、蝙蝠《こうもり》のような小さな魔物の集団に纏わりつかれて応戦している眷属に、火竜の鉤《かぎ》爪《づめ》が襲いかかる。

――危ない！

ロキは眷属の前に飛び出し、火竜に向かって剣を突き出す。剣の刃は火竜の爪と爪の間に深く突き刺さり、火竜は耳をつんざくような叫びを上げて地面に転がったあと、怒り心頭で赤い目を爛々《らんらん》と輝かせてロキたちを睨みつけた。

火竜は象のように巨大で、黒い鱗《うろこ》状の皮膚は鋼《はがね》のように硬い。剣も獣の牙も、とても歯が立ちそうにない。

おまけに火竜の周囲を大小の魔物が取り囲み、道を塞いでいる。ロキの表情に焦《あせ》りは見られないが、やたらに増えてくる魔物のせいで火竜に集中できず、苛立っているようだ。

「リリアナ、ハルラール、火竜の背後に回れ！　翼と胴の繋ぎ目を狙え！　ラヴィ、俺の援護をしろ！　小型の魔物を蹴散らせ！」

ロキの指示で、眷属たちが美しく統率の取れた動きをする。ロキが剣を構えて意識を集中すると、剣に神の力が流れ込んでいくのがわかる。

剣は周囲に陽炎《かげろう》のような気を振りまきながら神々《こうごう》しく光り輝いた。

火竜が明らかに怯え、巨体を震わせながら後ずさる。甲高《かんだか》い声で叫びながら長い首を巡らせた。

そして地面に倒れたままのヴェロンダを見て、ぎらりと瞳を光らせた。

どうせ死ぬなら、一人でも道連れにしようと思ったか。

火竜が耳まで裂けた大きな口を開いたと思うと、業炎の柱がヴェロンダに向かって吐き出された。ナザールはとっさにヴェロンダを庇ってその身に火柱を受ける。

業火に包まれたと思った瞬間、瞠目《どうもく》したロキと目が合った。

――――ロキさま！

叫んだところで、ぶつりと視界が真っ黒に閉ざされた。

「ロキさま……！」

叫びながら目を開ける。いつも通りの神殿の自室の天井が目に入った。

息を切らしながら、呆然《ぼうぜん》と天井を見つめる。

いまのは夢……？

不自然な打ち方をする心臓を手で押さえながら体を起こすと、見知らぬ男が寝台に腰かけてナザールを見ていた。

驚きすぎて、心臓が口から飛び出すかと思った。

「誰です……っ!?」

男らしくしっかりと通った鼻筋の両側に、完璧な対称を描く蕩けるような琥珀色《こはくいろ》の瞳。その瞳を縁取《ふちど》る長いまつ毛も、やわらかくうねる髪も高貴な黄金で、たくましい顎の上で存在感のある唇は蠱惑的なほほ笑みを浮かべている。

四十路に手が届こうかという外見が、時を重ねた男性らしい色香を湛《たた》えていた。

「神帝、と言えばわかってもらえるだろうか」

「神帝……、さま……？」

あまりに美麗な顔立ちと、低く重厚で、鼓膜をそっと撫でられるような麗《うるわ》しい声。なにからなにまで、人間とは格が違う。恐れ多さに慄《おのの》いて伏してしまいたくなる存在感が、それを真実だと伝えてくる。

そしてナザールは自分が肌も露な寝衣姿なのに気づき、慌てて両手で体を隠し、神帝に背を向けた。

「こ、このような格好で大変なご無礼を……、その……、服を……」

そもそも神殿にはハクもジダンも警護として控えているはずだ。どうやってここに入ったのだろう。いや、神帝ならばそんなことは容易《たやす》いに違いない。

そこでやっと、いつもなら窓から聞こえてくる虫の音や、空気がやわらかく移動する感覚がないことに気づいた。窓から見える夜空の星も瞬いていない。

部屋に結界を張られている……？

ごくりと息を呑んだ。

もしそうだとすると、なにがあってもナザールの声は外に聞こえないだろうし、ハクやジダンの助けも望めない。

そもそもなぜ神帝がこんなところにいるのだ。ロキに助力を求めたなら、当然神帝もそちらにいると思っていたが。

先ほどの夢を思い出し、胸騒ぎがする。

「そなたによい贈りものをしてやろうと思ってな」

「贈りもの……？」

神帝はゆったりとした笑みを浮かべたまま頷いた。

「おまえがあまりにも愛らしいから、与えてやりたくなった。ただの神では与えられぬ、素晴らしいものだ。もちろんロキにもな」

なんだというのだろう。ロキからもらっていないものなどない。ナザールが望めば、なんでも与えてくれる。

「ロキと同じだけの長さの寿命をやろう」

ナザールが大きく目を瞠《みは》った。

「寿命、を……？」

聞き間違いかと思った。だが神帝は笑みを深くする。

「そうだ。ロキとともに長い時間を生きたいだろう？　私なら与えてやれる。神々の王であり、輪廻を司《つかさど》る私にしかできない贈りものだ」

心臓がばくばくと早鐘を打ち、呼吸が苦しくなった。

寿命が延びる。本当に？　ロキと同じ長さを生きられる。眷属たちが滅びることもない。それが真実なら、どんなに素晴らしいか！　そんなことが、もし可能なら……。

「もちろん、ほんの少々の礼はもらいたい」

色を含んだ目で全身を眺められ、まさか、と肌が粟立った。

「一夜でいい。そなたの愛で私を温めてくれぬか」

「……お断りします！」

間髪を容れずに断る。

神帝は不愉快げに眉を寄せた。

「せめてしばし考えたらどうだ。悪い話ではなかろう。おまえにも、ただの人間には味わえぬ快楽を与えてやるぞ」

「わたしは、ロキさま以外と情を交わす気はございません。たとえ神帝さまのご命令でも、お断り申し上げます」

神帝の目を見て、はっきりと言った。

ロキと同じ寿命が持てるなんて、めまいがするほど魅力的な話だ。いまを逃せば、そんな機会はもう永遠に訪れないだろう。

だがその代償がロキを裏切ることならば、考える余地などない。

ナザール以外はもう抱けぬと、血を吐くように言ってくれた。自分も同じ。ナザールをロキの花嫁と認めてくれている眷属たちへの裏切りでもある。

自分の欲望のためにロキを裏切ることは決してしない。

「なるほど」

神帝は口の端をつり上げると、目を細めてナザールを睥睨した。

「実に美しい。ますます抱きたくなった。私の花嫁に欲しいくらいだ。だが、私は飽きっぽい男でね。そうそう長い間同じ人間を抱く気はないのだよ、ロキと違って」

ナザールの頬が痙攣する。

神帝は大変に気まぐれで色を好むと、ハルラールが言っていたのを思い出す。ロキを揶揄《やゆ》するような言葉にも怒りを覚えた。

神帝はくっ、くっ、とのどで笑うと、ナザールの髪をひと筋、指先ですくった。ゾッとして思わず振り払う。

「私はね、他神の花嫁を寝取るのが好きなのだよ。素晴らしい夫がいながら私の魅力に靡《なび》くさまを見るのも楽しいが、そなたのように潔癖な花嫁に膝を折らせるのは格別だ」

「神の王のお言葉とも思えません」

下衆《げす》な……。

「神がどれだけ崇高《すうこう》なものと思っている。神は傲慢でわがままで自分勝手なものだ。私は長く生きすぎて、退屈を持て余している。たまにはこういうくだらぬ遊びがしたくなる」

かぁ、と怒りで頬が熱くなった。

「そんなことのために、わざわざここを訪れたのですか。ロキさまに魔物討伐などと危険な仕事を任せておいて……」

神帝はおかしそうに笑った。

「魔物か。育ってきたのは確かだが、それはロキをおまえの側から引き剝《は》がす口実に過ぎぬ。あのロキを虜にしたというおまえを味わいたくてな」

最初からナザールが目当てで？

あまりの言いぐさに、敬意も吹き飛んだ。

「恐れながら……、軽蔑いたします、神帝さま」

いくら神の王とて、命を弄《もてあそ》んでいいのか。人の誇りを踏みにじって許されるのか。だとしたら、神帝などどれほど偉大なものか！

神帝は酷薄《こくはく》そうな笑みを浮かべ、楽しげに頷いた。

「よいな……、人間からの罵倒《ばとう》など初めてだ。か弱げな外見をしていながら、どうして気が強いと見える。嫌々私を受け入れながら、快楽に屈する顔を見るのが楽しみだ」

誰が！

視線がぶつかると、濃密な色に搦《から》め捕《と》られる気がした。

「…………」

わずかに尻でにじり下がった瞬間、気づけば神帝に組み敷かれていた。

手首をつかまれて寝台に固定され、ナザールに覆い被さってきた神帝の息が耳朶にかかる。

「いやっ……！」

ロキとは違う男の体温に全身の細胞が拒絶感を示した。

神帝は耳朶に唇を這わせながら、甘い声音で唆《そその》かす。

「たった一夜だ。瞳を覗かれてもロキに知られぬよう、術をかけてやろう。覚えているのが辛いなら、終わったあとに記憶を消してやってもいい。それでロキを残して旅立つ苦しみを味わうこともない」

「嫌です！」

忘れるから裏切っていいとは思わない。記憶が消えても、自分が他の男を受け入れた事実は消えない。

そんな醜《みにく》い真似をして手に入れた寿命で、堂々と愛する人の隣に立てるだろうか。

否。

自分はなにもない小さな人間だけれど、愛する人への気持ちだけは守りたい。なにも持たない自分がロキに捧げられるのは、純粋な愛だけだから。

「頑固だな、面白い。自分の命が儚《はかな》く散ることをそれほど嘆いていながら、我欲のためには体は開けぬか。では、この町と眷属のためならどうだ？　私がその気になれば、町ひとつ滅ぼすことなど造作もない。いまもロキは迷宮で魔物と戦っている。夢を通じて見せてやったろう？　すぐにはこの町を守りに戻ってはこられぬぞ」

ナザールの顔色がさっと変わる。夢と見せかけて、あれは神帝が見せた現実の光景なのか。

あそこで見たのは火竜のような魔物だった。あれ以外にも、迷宮にはたくさんの魔物たちが跋《ばっ》扈《こ》しているようだった。いくらロキでも、際限なく湧き出る魔物を相手にしていたら――。

「見ていたぞ、そなたが眷属のために命を懸《か》け、身を挺《てい》して守ったのを。眷属のために命を投げ出すそなたは美しかった。この町の守り神の花嫁だろう？　次は民のために誇りを差し出せ」

色を失くした唇が震えた。

「どうして……、わたしなどをそこまで……」

気まぐれにしても固執しすぎではなかろうか。そんなに神帝を拒む人間が面白いのか。ちっぽけな人間を踏みにじらねば気が済まないのか。

神帝は意味あり気な笑みを浮かべた。

「他神の花嫁を盗むのが好きなのだと言ったろう。愛されていればいるほど楽しみが増す。しかもあのロキの……。ロキを虜にした秘密、私にも教えてもらうぞ」

秘密などない。ただ愛し合っただけだ。

民の命を目の前にぶら下げられれば、もはや神帝の言うなりになるしかない。

神帝は力を抜いたナザールの体を満足げに眺め、しっかりとした作りの手で肌を撫でていく。

「美しい体だ。肌も手に吸いつくようだな。まるで真珠だ。どれほど愛されているかわかろうというもの」

ロキ以外の男の手に嫌悪感がいっぱいで、舌を噛みたくなる。

「ここも……、小さくて愛らしい。さぞ可愛がられているのだろう？」

色の淡い胸芽《むねめ》をつままれ、体が竦む。

ナザールの反応を見るのが楽しいのか、顔を覗き込まれる恥辱にぎゅっと目を瞑《つむ》って耐える。

ナザールの脚の中心では、ぴくりとも動かぬ雄の象徴が、所在なげに首を垂れていた。

服の上からやわやわとナザールの脚のつけ根を確かめた神帝は、口もとを歪めた。

「私の指では感じぬか、強情な……。触れられるのが嫌なら、ロキ仕込みの手管を見せてもらおうか。あやつも好きだからな。相当仕込まれているだろうよ」

寝台に膝立ちになった神帝の前に、両手両足をついて這わされる。

ロキ以外の男の雄を咥えるのか――。

考えただけで、胸が破裂してしまいそうだった。堪えきれず零れた涙がひと筋、頬を伝う。

「そう悲しむな。あとで記憶を消してやるから、そなたも楽しめ。決してロキに知られぬようにしてやる」

違う。

「神帝さま……」

涙で濡れる目を神帝に向けながら、迷いなく言った。

「私の不貞の記憶を、どうか消さないでください」

神帝の目がかすかに見開かれる。

「裏切りを隠したまま、ロキさまを愛することはできません。罪を抱えて生きてまいります。それでロキさまを傷つけることになったとしても、愛想を尽かされて捨てられたとしても」

愛する人には誠実でいたい。

「誰も得をせぬぞ」

神帝の言う通り、愚かな選択なのだろう。

それでも。

強くなりたいと願い、愛し愛されることで少しずつそうなっていけた。自分は守り神の花嫁なのだ。守り神が民のために命を懸けるなら、花嫁である自分も同じ。

ただ立場を甘受《かんじゅ》していればいいとは思わない。この町をロキとともに守るのが、ロキの花嫁になった自分の覚悟である。

目を閉じて、心の内にロキを想う。ナザールを見て幸せそうにほほ笑むロキの顔を想ったら、体の芯から深い愛情が盛り上がった。

「愛しています、ロキさま……」

胸に溢れた愛情がぽろりと唇から零れ落ちたとき、神帝は深くため息をついた。

そしていままでとは違う、どこか親密そうな笑みを浮かべると、ナザールの頬を撫でた。

「合格だ。いや、とっくに合格だったのだが。すまぬ。そなたが愛らしいから、つい意地悪がすぎた。許せ」

「え……？」

真意がわからず困惑したナザールの手を取り、神帝は敬《うやま》うように指に口づける。

まさか神帝にそんなことをされるとは思っておらず、ナザールの体が硬直した。

「ロキの常《とこ》しえの伴侶にふさわしい。そなたにロキと同じ寿命を授けたいと思う。だから、そなたからもロキに口添えしてくれぬか」

口添え？

「私の……、神帝の地位を……」

言い終らぬうちに、ものすごい轟音《ごうおん》を立てて部屋の扉が破られた。熊ほどもある真っ黒な塊が飛び込んでくる。

「ひっ……！」

部屋が大きく揺れ、とっさに神帝がナザールを庇って抱き寄せる。

神帝の腕越しにナザールの目に映ったのは、全身から湯気のような怒気を揺らめかせた黒い獣姿のロキだった。

ロキの背後には、ロキの体色と同じような鉄《くろがね》の色の門が開いていた。門の向こうにナザールが夢で見た洞窟のような迷宮と、力を失った大きな体を引きずる火竜が見える。迷宮と神殿が門で繋がってしまったらしい。

「どうして……、まさか自分で門を作って……？」

呆然と神帝が呟く。

黒狼に酷似《こくじ》した獣は神帝とナザールの姿を目にすると、神殿を揺るがすような恐ろしい咆哮《ほうこう》を上げた。目にも留まらぬ速さで神帝に襲いかかり、ナザールを抱く腕を喰い千切らんと鋭い牙で喰らいつく。

「ロキ！　く……っ！」

間一髪で体を離した神帝の衣は食い破られ、腕から鮮血を滴らせた。

ロキはナザールを背に守って神帝に対峙《たいじ》すると、青い目を怒りで炎のように揺らめかせた。

「待て、ロキ！」

神帝の制止も聞かず、怒り狂ったロキは牙を剝いて飛びかかる。

ぎりぎりで牙を躱《かわ》した神帝は、床に伏せると同時に金色の鬣《たてがみ》を持つ獅子に変わった。

二頭が同時にぶつかって相手の首に牙を食い込ませ、からみ合いながら窓を突き破って広いバルコニーに転がり出る。

先ほどまで晴れ渡っていたのに、神の怒りに感応して暗雲が垂れ込め、細かな稲光が空を覆い尽くしていた。

正面から対峙し、鼻を突き合わせた二頭の体から空気のうねりが立ち昇り、竜巻となって空へ巻き上がる。雲へ届いたと思うと、どん！　と低い音を響かせて極太の稲妻が町向こうの山へ落ちた。

稲妻は大地を揺るがし、落ちた場所には炎の柱が上がった。家々から、人々が慌てて外に飛び出てきて様子を窺《うかが》う。

ナザールは顔色を失くした。

このままでは、町まで被害を受けてしまう！

「ロキさま、神帝さま！」

部屋の中から叫ぶも、互いに集中している二頭にはナザールの声など届かない。

隙あらばのど笛を嚙み切らんと睨み合った二頭の毛が逆立った。

どちらかが絶命するまで終わりそうもない気配に、ナザールの心臓がめちゃくちゃに鼓動を打つ。

ああ、ヴェロンダのことも心配なのに、助けにも行けない。それどころか神帝と戦えばロキの命も危うい。

どうすればいい……、誰か、誰か――。

「ナザール、こちらへ！」

腕を引かれ、振り向けばバラーが真剣な瞳で二頭の戦いを見ていた。

「バラーさま！」

「あの門を見てください。あれはロキが作り出しました。空間を歪め、神界と地上を結びつける門など、神帝だとて作ることはできません。迷宮であなたの精神体を見たロキは、あなたに危機が迫っていると感じて、潜在的に持っていた能力を最大限に爆発させたのでしょう」

やはりあのとき目が合ったと感じたのは、気のせいではなかったのだ。

「ロキは怒りに我を忘れています。早く正気に戻して門を閉じさせなければ、迷宮の魔物たちが町に流れ出てしまいます」

「えっ」

門を見れば、こちら側へ飛び出ようとする小さな魔物たちを、獣姿の夜伽衆が必死に食い散らかしているところだった。

それでも漏れてきた魔物には、すでに駆けつけたハクとジダンが応戦している。

いまはなんとか防げている。だがもしまた火竜のような巨大な魔物が現れたら……。

「もはやロキの力は神帝をはるかに超えました。このままでは、神帝の命が危うい。ですが神帝にもそれなりの力があります。強大な力を持つ神々が争えば、町も人も無傷では済まないでしょう。長引けば世界が崩壊しないとも限りません。私たちが食い止めねば」

「どうやって……?」

バラーは二頭を見つめながら、美しい横顔を崩さずに言った。

「ナザール、ロキのために命を懸ける覚悟はありますか」

「もちろんです」

いまさらだ。

バラーは頷くと、ナザールの手を握りしめた。

「どんなに我を忘れていても、ロキは決してあなたを傷つけません。ロキを止められるのはあなただけです。彼を押さえてください。神帝は私が引き受けます。ただし、神帝の方は止まる保証はありません。悪くすれば私たちもろとも、あなたを庇おうとするロキも神帝の牙にかかるでしょう」

ごくりと息を呑んだ。運任せの策だ。

だが他に二人を止める方法など思いつかない。自分にしかできないというなら。

「やります」

「あの状態の神に普通に近づけば、人間など簡単に圧死してしまいます。私が守ります、手を離さぬように。二頭の間に走りますよ。再び彼らがぶつかり合う前に、ロキを抱き留めてください」

頷くと同時に手を引かれ、バルコニーを走った。

ぐん、と押し潰されそうな圧がかかったが、バラーの加護が体を包んでくれているのがわかる。

向かい合った二頭は、近づくバラーとナザールに気づかない。

姿勢を低くしたロキが、咆哮を上げながら後ろ脚でバルコニーを蹴った。

「ロキさま！」

突き放すようにバラーの手を離れたナザールが、飛び上がりかけたロキの首に縋りつく。

ナザールの姿を見たロキはとっさに方向転換し、前脚の間でナザールを抱きしめるようにしながらバルコニーに転がった。

「グ……！」

無茶な姿勢で転がったロキは、それでもナザールを傷つけまいと大きな体で包み込む。

バラーは！

ハッとして神帝を振り向くと、やはりバラーに抱き留められた獅子は、まるで仔猫のようにバラーに額をすり寄せていた。

ほ、と安堵の息をついたナザールの髪を、獣のロキが愛おしげに舐めた。

「ロキさま……、ご無事でよかった……」

あらためてロキの首に腕を回してぎゅっと抱きしめると、温かな毛皮の感触がナザールを安心させる。

「ありがとうございました、ナザール。おかげで地上の損壊も防げました」

人の姿に戻った神帝とともに、バラーが歩いてくる。

ロキは再び姿勢を低く構えて唸りを上げたが、ナザールに強く抱き留められた。

「待ってください、ロキさま。神帝さまは、ただわたしに乱暴をしようとしたわけではないように思います」

ロキが飛び込んでくる直前、神帝はナザールを解放してなにか言いかけた。最後まで聞くことはできなかったが。

神帝はロキを刺激しないようにか、バラーの背後からロキに声をかけた。

「ナザールを試す真似をしたことは謝る、ロキ。素晴らしい花嫁だ。誠実で、勇気と思いやりがあり、深くおまえを愛している。おまえの生涯の伴侶として認めよう」

ぐる……、とロキが不満げにのどを鳴らす。いまにも飛びかかりそうな怒気を感じて、ナザールはロキを抱く腕に力を込めた。

神帝は宥めるように両手を上げた。

「わかった、話は明日だ。とにかく怒りを鎮《しず》めてくれ」

バラーが近づいてきて、ナザールに耳打ちする。

「とりあえず、ロキを人の姿に戻してあげてください。彼はいま怒りすぎていて、すぐには変化《へんげ》できません。あなたの真実の愛で、彼は獣の姿を解かれるでしょう」

「それは、どうすれば……」

バラーが囁いた内容に、ナザールは首まで赤くなった。

獣姿のまま性交せよ、と。

神帝と門に向かったバラーが振り向き、

「門を閉じてくださいね、ロキ。怪我をしたあなたの眷属は、私たちが引き受けます。あなたのその状態では、眷属の怪我を吸い取ることもできませんからね。部屋をひとつお借りしますよ。治癒は神帝の得意分野ですから、ご心配なく」

ヴェロンダの身が心配だったナザールの懸念《けねん》を払拭《ふっしょく》してくれた。

よかった――――！

バラーは密やかに笑うと、慈《いつく》しむようなまなざしをロキに向けた。

「やはり、神帝の後継はあなたしか考えられませんね」

「え……」

問い直す間もなく、神帝とバラーは門から怪我をしたヴェロンダを連れ出し、神殿に入っていってしまった。ロキがひと声吠えると、門は跡形もなく消え去った。

眷属たちも、魔物の血と土埃《つちぼこり》に塗れた体で神殿へ消えていく。

残されたナザールは、自分の頬を舐めてきた黒い獣の瞳を見つめ返した。獣のロキの瞳に欲情の光が揺らめいている。

人の姿に戻すには、獣姿のまま性交を……。

考えたこともない事態に、頬が熱く染まる。眷属が獣姿同士で性交している場に遭遇《そうぐう》してしまったことはあるが、獣と人の姿で交わるのは聞いたことがない。

でも、そうしなければロキが戻らないというなら。

「抱いて……ください……」

か細い声で言えば、ロキは割れた窓でナザールが足を切らぬよう自分の背に乗せた。

7.

寝台に横たえられたナザールは、自分の体を跨ぐ黒い獣の頬を撫でた。

「グル……、ゥゥ……」

のどを鳴らしたロキが、ナザールを見下ろしてくる。

姿形は違っても、その瞳は間違いなくロキだった。

自分でも驚くほど抵抗がない。それがロキであるならば、たとえ触手樹のようになってしまっても愛せると思った。

ナザールが獣姿を恐れていないかと気遣って覗き込んでくる瞳が愛しくて、

「大丈夫です……」

自ら獣の顔を引き寄せて唇を重ねた。

唇に当たるのは、いつもと違う薄く黒い唇と短い毛。

ロキがナザールの唇を舐め上げた。ざらりとした感触に野性を感じ、背徳的な興奮がふつふつと湧き上がってくる。

口を開けば、薄く長く、広い面を持つ舌が、ナザールの口内を舐め回す。

「ん……、ふ……、ん、あ……、あ、はぁ……」

やたらに速い動きで口蓋《こうがい》を舐められ、息を継ぐ間に戸惑った吐息が鼻に抜ける。

裸の肌に当たる獣毛が温かくてやわらかい。激しく口づけを交わしながら、頬や耳、首筋を撫でた。

ロキの舌は、ナザールの頬から顎、そして匂いを嗅ぎながら耳へと動いていく。

「ひゃっ！　あん……っ」

耳孔《じこう》にまで舌が忍び込み、ぞくぞくと背筋を震わせた。

ロキが不快げな低い唸りを上げる。ナザールの身が竦んだ。

「ロキさま……？」

不安になって瞳を覗けば、ロキの目には明らかな嫉妬の炎が燃えていた。

神帝の匂いがついているのだ、と気づいた。

組み敷かれ、肌を撫でられた。わずかではあるが、耳朶に唇も這わされた。自分の花嫁の体を他の男に好きに触れられたのだ。どれだけロキの自尊心を傷つけたか。

「申し訳ありません……」

不貞を働いた気になって、身を隠したくなった。

ロキが威嚇《いかく》するような声を上げ、ナザールの瞳を覗き込んでくる。言葉などなくとも、ロキの瞳は雄弁だった。

ナザールに怒りを抱いているわけではない、ただただ、己の匂いに塗り替えたいと言っている。獣の腰をナザールに押しつけると、すでにいきり立った怒張を誇示してくる。

「あ……」

すりつけられたものを見て、ナザールの頬が染まった。

ナザールに跨った脚の間で、腹まで黒い毛に覆われているのに、そこだけは生々しい肉色でもって生命の象徴が屹立している。人のときと同じ彫り物もあった。

だがその形はいつものロキと違い、獣のそれである。

亀頭の膨らみが根もとに移動して瘤を作ったような、不思議な形だ。肉茎はその瘤からにゅうっと長く伸びている。

先端から常に糸を引くように先走りを滴らせた姿は、まさに獣のようにナザールを犯すための淫具のように見えた。

ぞくり……、と興奮が背筋を這い上ってくる。ロキが自分の雄をナザールのものにすりつけた。

「あつい……、ロキさま……」

手を伸ばして長大な肉茎を握り込めば、手の中でどくんどくんと力強く脈打ってナザールを欲しがった。

ナザールのものよりはるかに体温が高く、熱く濡れている。

「全部、ロキさまの匂いに染め直してください……」

嫉妬でめちゃくちゃに穿って欲しい。他の男に触れられたことを罰するように、犯してロキの匂いに塗り替えて欲しい。

ナザールの心を覗いたロキが、激しく舐め上げてくる。

顔も、首筋も、胸も、腹も。

「あ……、ああっ……！」

ざりざりとした獣の舌が肌を味わうたび、獣との禁忌《きんき》の行為に身を任せているようで頭が熱く曇る。

毛に覆われたたくましい前脚でナザールの内腿を広げるようにされ、獣のロキの眼前に脚を大きく開く形を取らされた。

それだけでも恥ずかしいのに、濡れた鼻先で蜜袋を押し上げられ、狭い肉襞に無理やり舌をねじ込まれて身悶える。

「んあ……、ああ、舌、が……」

いつもと感触が違う。

動き方は激しいのに、奥まで這入《はい》ってこない。ロキが焦れたように、ナザールの脚のつけ根に軽く歯を立てた。手が使えないから、自分で広げろと要求されているのがわかる。羞恥で目の前が赤くなった気がした。

獣の舌で中まで舐めやすいよう自ら尻を抱え上げ、指で広げていろと命じられたのだ。

どんなに恥ずかしくとも、ロキ相手なら屈辱は感じない。それでも羞恥に唇を噛みながら、膝が胸につくほど脚を折り曲げて尻を掲げ、淫孔の両側を指で引っ張るようにして開いた。

「奥まで……、舐めて、ください……」

一年間、ほぼ毎日ロキと体を重ねてきても見せたことがない。こんな……恥ずかしい姿勢。緊張と羞恥でつま先が細かく震えている。

ぬぐり、と舌が侵入してきたときは、尾てい骨からうなじまで快感の痺れが這い上がった。半月ぶりのロキの舌に、粘膜が悦んでむしゃぶりつく。

「ああ……、いい……」

あまりによくて、気が遠くなる。

もっと奥まで舐めて欲しくて、両方の人差し指を狭い孔に潜り込ませ、痛いほど横に引いた。

花嫁の淫らな誘いに興奮の唸りを上げた獣は、ますます激しい動きで肉壁を舐め摩る。

「やあああ、ぁぁぁ、舌がっ、ざらざら、して……っ!」

おかしくなる！

滴るほどの唾液を流し込まれ、内側まで濡らされる感覚に頭を振って身悶える。

もう乳を滲ませない乳首が、じんじんと疼いた。

思い出した体が急速に渇いて、早くロキの精を飲ませて欲しいと、乳首から射精させて欲しいと訴える。

「ロキさま……っ、ロキさま、もう……！」

挿れてくれと肉孔でねだり、ロキの舌を締めつけた。

のっそりと体を起こしたロキが、獣欲に光る青い目でナザールを見つめる。口の周りを長い舌でぐるりと舐める仕草に、雄の欲望を感じて興奮が高まった。

獣となら、それなりの姿勢で交わった方が自然なのかもしれない。ロキとならともに獣になっても本望だ。でも……。

「前から抱いてください……」

顔を見ていたい。

獣であっても愛しいロキだ。彼の化身した姿も目に焼きつけておきたい。

普通の獣より巨《おお》きな体が前傾して覆い被さってくると、やわらかな毛並みに包まれる。太い首を抱き寄せれば、強靭《きょうじん》な筋肉の動きを感じて目の奥が熱くなった。

ナザールの首を甘嚙みしたロキが、ぐっと腰を押しつけてくる。

「ん……」

ほぐされた肉の環を、熱く硬い肉棒の先端がこじ開けるように押し引きする。ずくっ、と先端が潜り込み、半月ぶりの生身の男根の熱さにめまいがして唇を開いた。

「あ、あぁ……」

いつものロキの形と違って亀頭の膨らみのない雄刀は、強い締めつけで包み込もうとする肉筒をかき分けて、ずっ、ずっ、と奥に潜り込んでくる。

首筋に食い込む牙の感触と、自分を引き裂かんばかりに割り開く雄の太さに、喰われているのだと獲物の恍惚に酩酊《めいてい》した。

「ひ……、ああ……、すごい、あつい……」

火傷するほど熱く感じるのは、敏感な粘膜を限界まで引き伸ばされているせいだ。みっちりと腹の奥まで剛棒が埋め尽くしている。

ぴしり、ぴしりと獣の尾がナザールの尻を叩くたびに、咥え込んだ雄を締めつけてしまう。ロキの精を欲する粘膜の飢餓感が最高潮に達し、自分から淫らに腰をうねらせて肉孔で雄を扱いた。

「ください、ロキさま……っ！」

ナザールの動きに合わせ、獣が腰を打ちつける。

「ああああ――――っ！」

最奥を貫かれると、視界に火花が散った。

獣らしい速い動きで突かれれば、蜜壺から泉のように溢れ出た快楽が、つんと尖った胸芽に向かって駆け昇っていく。

これだ。

張り型などでは得られない、生身のロキだけが与えられる特別な快感。胸粒が白い蜜を迸らせたいと、震えながら待っている。

熟れきった粘膜からごくごくと精を呑み干して、彼を癒す乳を搾《しぼ》り出したい――――！

「ウゥゥ、グル……、ウォ……」

のどを鳴らしながら唸るロキの動きがますます速くなる。

ナザールは無意識に自分の薄い胸を両手でつかみ、激しく揉みしだいた。こりこりとした乳首をつまみ上げると、痛いほど感じる。

「早く……、早く種をください……！　なか、いっぱいに……！」

ナザールの叫びに呼応して、肉筒を埋める肉棒がむくむくと膨らむ。その太さで粘膜を摩擦されると、火で炙《あぶ》られたように肌が燃え上がった。

「いい……、ああ……、あああ、ロキさまっ、もう……っ！」

ロキが陰茎のつけ根の瘤が埋まるほど力強く腰を打ちつけた瞬間、ナザールは自身の雄の根もとを両手でつかんで射精を止めた。腹の奥に、ロキの子種が溶岩のような熱さで広がる。

「ひ……、い……っ！」

熱が、血の道を通って乳首に駆け上がる。

ロキが塡《は》めたままの男根でぐるりと最奥をかき混ぜると、ナザールの乳首から乳白色の体液が噴き出した。

「あああ、あ――……っ！」

胸の先端が蕩けるような射精感に包まれ、半月ぶりのめくるめく快楽に意識が弾け飛ぶ。

頭の中が真っ白になって、一瞬気を失っていたに違いない。

気づけば、人の姿に戻ったロキがナザールの乳をのどを鳴らして飲んでいた。

「ロ、キ……、さま……」

もつれる舌で、愛しい人の名を呼んだ。

「美味い」

白い蜜で口もとを汚したロキが、愛しげに目を細める。

またロキを癒す乳を出す体になれた。

厚い唇でナザールの乳首を覆ったロキが力強く吸い上げれば、頭の後ろから、腰奥から、指先から、全身から集められた快感が乳首から溢れ出る。

性器から精を搾るより、ずっと気持ちいい。まだ雄茎で達していないにもかかわらず、深い満足感に包まれている。

舌先で転がされ、恥ずかしくなるような甘い声を上げた。

「獣姿でするのも悪くなかったが、こうやっておまえを可愛がってやれる方がいい」

「どんなあなたでも愛していますけど、やっぱり人の姿がいちばん安心します」

見つめ合って、笑いながら唇を合わせた。

「おまえがいなければ、俺は獣姿から戻れなかった。もっとも、俺に人の姿を保てぬほど理性を失わせられるのも、おまえだけだがな。神帝に触れられているのを見て、怒りでなにも考えられなかった。迷宮の魔物たちを危うく解き放しかけて、町を危険に晒すところだったんだ。本当に、俺はおまえがいなければ守り神でなどいられない」

抱きしめられて、あらためてロキの側にいられる幸福に包まれた。

「花嫁として町を守ろうとしてくれたこと、それを俺に隠そうとしなかったこと、勇気がいっただろう。俺はおまえを誇りに思う。だが二度とそんな思いはさせない」

ナザールを抱く腕に苦しいほど力を込められ、ロキの悔恨《かいこん》の念が流れ込んでくる。

「ちゃんと助けてくれました。あなたはわたしにとっても守り神さまです……」

どんなに危険な目に遭おうとも、ロキはナザールを助けに来てくれる。

ナザールのために、神帝ですらできないという門を作り出すほどに力を高め、遠い場所から駆けつけてくれた。

自分が彼の力にも弱みにもなれるというなら、力になれるよう努力する。

「もっとおまえに精を注ぎたい。触れずとも溢れるほど、体中俺の匂いに染め上げたい」

自分もそうして欲しい。

戦いの疲れを自分の出す乳で癒して、町を守る力にして欲しい。

白い露《つゆ》を結び、敏感になった乳首に歯を立てられて背をのけ反らせた。

ナザールの胸から零れた白蜜が脇を伝い、敷布に染みていく。明日の朝には、洗濯係の眷属がどれほどロキがナザールを愛したかを知って、安堵の息をつくだろう。

「愛しています、ロキさま……」

何度も愛の言葉を繰り返し、朝まで二人で白い情動に身を任せた。


「ナザールさま！」

ヴェロンダの休んでいる部屋を見舞いに訪れると、すっかり元気になった明るい笑顔でナザールを迎えてくれた。

夜伽衆とハクとジダンも揃っている。

「もう大丈夫なのですか」

「うん！　神帝さまがきれいに怪我治してくれたから。でも念のため一日は休んでろって言われちゃって、退屈してたんだ。リリアナとハルラールは過保護だから、一週間くらい仕事しないでのんびりしろって言うし」

常に体を動かしていたがるヴェロンダらしい言い方に笑ってしまった。

「じゃあ、明日は川へ魚釣りに行きましょうか」

「ほんとー？　あたし魚釣りってしたことないんだ、楽しみ！」

友達と、明日の約束をする。

そんななんでもない日常が、たまらなく愛おしい。

リリアナがナザールの前に膝をつき、頭を垂れた。

「ナザールさま、火竜の炎からヴェロンダを庇ってくださってありがとうございました」

「わたしはなにも……」

夢だと思っていたが、あれは精神だけが迷宮に飛ばされていたのだ。

だが精神体だったゆえに、きっとなんの役にも立たなかったろう。礼を言われることではない。

もちろん、たとえ生身であっても同じことをしただろうが。

「いいえ。いざというときに、守られるだけでなく眷属を守ろうとしてくださるお心、まこと命を懸けてお仕えするにふさわしいお方と、心から喜んでおります」

他の眷属も次々に膝をついた。

ナザールは戸惑って、つい自分も床に膝をついてしまう。

「……なぜナザールさまが膝をつかれるのですか」

「な、なぜでしょう……？」

互いに顔を見合わせ、一瞬の間のあとに全員から笑いが零れた。

ヴェロンダがナザールの手を取って立ち上がらせる。

「守ってくれてありがとうね。嬉しかった」

「無事でよかったです」

ヴェロンダはいたずらっぽく笑って肩を竦めた。

「どうしよ、恋しちゃいそう。そしたら恋敵いっぱいだわ。ロキさまだけじゃなくてね」

「え」

部屋中の目が、自分に注がれている。

ナザールは一瞬でゆで上がったように赤くなり、下を向いた。

「やめなさい、ヴェロンダ。ナザールさまが困っておられる」

そう言うハルラールも、笑いを押し殺したような表情をしている。

からかわれているのだとわかっても、ロキ以外と恋をしたことのない自分は、気の利いた返しができない。

ハクとジダンが両側からナザールの手を取り、指に口づけた。

「ロキさまとナザールさま、眷属はみなどちらへも恋に近い感情で敬慕しております。俺たちが寵を奪おうと争うことはありません。お二人が仲睦まじく過ごしてくださることが、俺たちの幸せです」

子どもの時分からナザールの側にいる二人に言われ、ホッとした。

彼らはナザールの欲しい言葉をわかっている。

「あの……、これからも仲よくしていただけると嬉しいです」

およそ神の花嫁らしくない言葉に、その場にいた全員が和やかな笑みを浮かべた。

不機嫌を隠そうともしないロキは、膝抱きにしたナザールを守るように腕の中に閉じ込め、対面に座った神帝を睨みつけている。

ロキが暴走しないよう彼の膝の上に座っていてくれ、とバラーに頼まれたナザールは、神帝の御前《ごぜん》で夫の膝に抱かれるという状況に顔を隠してしまいたくなった。

神帝の横には、並んで座るバラーの姿もある。

ロキは神帝に対しても傲慢に顎を上げ、鋭い双眸《そうぼう》で睥睨した。

「貴様《きさま》が色好みとは知っているが、ナザールに手を出そうとしたことは許さぬぞ。寝台の上で死ねると思うなよ」

物騒《ぶっそう》な言葉に、思わずロキの胸もとの服をつかんだ。

自分のことで争って欲しくない。

神帝は余裕の表情で椅子の肘かけに肘を置いて頬杖をついたまま、片手を挙げて争う意思がないことを示した。

「悪かった。年寄りのいたずらが過ぎた。だが最初からあれ以上はするつもりがなかった。おまえの伴侶にふさわしいか確かめたかったのだ。許してくれ」

「ナザールは俺が選んだんだ。貴様になど確かめられることではない。狸《たぬき》じじいが」

神々の会話に口は挟めぬが、神の王にそんな口の利き方をして、とナザールは内心で冷や汗をかいた。

バラーが取り繕うようにロキにほほ笑みかける。

「あなたと神帝は一緒に火山を噴火させたり、狩りに出た仲ではないですか。酒も遊びも教えてもらったのでしょう。一度だけ大目に見てあげてくれませんか」

ナザールは驚いてロキの顔を見た。

では、以前ロキが友達と言っていたのは神帝のことだったのか？

ロキは面白くなさそうに鼻を鳴らす。

「若気の至りだ」

切って捨てるが、否定はしない。

「その……、ロキさまと神帝さまはどういう……？」

二人の関係が不思議で、つい口を挟んでしまった。

バラーは安心させるようにナザールに笑いかけた。

「悪友、と申しましょうか。神帝は若かりし日のロキを世界中連れ回したのですよ」

「ロキは生まれたときから傲慢で気が強くて生意気で力も強かったから、私も遊びを教えるのが楽しくてね」

大人の遊びに長けた叔父に世間を覗かせてもらう青年の図を想像した。おそらく、そういう関係なのだろう。

「ちなみに私は神帝の幼なじみです」

神帝はかすかに眉をひそめると、バラーの手を取った。

「私はおまえをただの幼なじみと思ったことは一度もないぞ。おまえのわがままは聞いてやった。私の側を離れ、ロキの代わりに三百年町を守り、魔物にその身を引き裂かれ絶命しようとも、約束通り手を出さずに見守ってやった。私がどんな思いで待っていたと思う。次は私のわがままを聞いてもらう番だ」

ロキは神帝を見て、口もとを歪める。

「なんだ、あれだけ口説いて転生も阻害したくせに、まだ手に入れていないのか。腰抜けが」

神帝に対する言葉とは思えない。

ナザールの中で、三人の関係性が混乱した。神帝とバラーは幼なじみで、バラーとロキは祖父と孫で、ロキと神帝は悪友？

そしてどうやら神帝はバラーに片思いをして口説いているらしい。

「俺ならさっさと奪って、あとからでも惚れさせる。それだけの自信があるからな」

傲慢に顎を反らしたロキに、実際自分はそうだったとナザールは心の中で思う。

こんなところにも彼らしさが表れていて、やっぱり自信家で豪然《ごうぜん》とした魅力を持つロキに惹《ひ》かれてしまう。

「おまえのその自信を少し分けてもらいたいものだな」

神帝がため息をついた。

「だから腰抜けだというんだ、神の王ともあろう者が情けない」

「では、腰抜けでないロキに神帝の座を継いでもらいたい」

ロキがぴくりと頬を震わせた。

神帝の表情は穏やかだが、瞳の光が真剣さを表している。

「本当なら、実力的にいって前回はロキ、おまえが継ぐはずだった。おまえが権力になど興味ないことは知っている。人間が好きで、関わっていたいことも。おまえもまだ若かった。だからおまえが断ったとき、仕方なく私が継いだんだ。だがもう限界だ。おまえが神帝にふさわしい」

ロキは黙ったまま、興味なさげに顎をかすかに上げた。

神帝を継ぐ、という言葉はバラーからもちらりと聞こえた気がしたが、はっきりとはわからなかった。

「輪廻を司る神になれば、おまえの伴侶にも神と同じ寿命を与えることができる」

ナザールは息を呑んだ。

ロキはナザールを抱き寄せ、剣呑《けんのん》な目で神帝を睨みつける。

「バラーのようにか。死者の魂を新しい器に突っ込んで、安らかな眠りにつく権利を奪うのか。それは魂を凌辱《りょうじょく》する行為だ。いくら恋しかろうが、俺は我欲のためにナザールの魂を冒瀆《ぼうとく》しない！」

じん、と胸の奥が熱くなった。

残される身が辛いことは、ナザールも乳母を亡くしたことで知っている。ロキはナザールを失うことになってどれだけ苦しもうと、ナザールの尊厳を守ると言ってくれる。深い愛に、どうしようもなく愛しさが溢れてきた。

「そうではない。おまえは知らぬだろうが、輪廻の神には特別な力が備わる。伴侶に自分の魂を分け与えることができるのだ。つまり、ナザールも神と同じ存在になる。輪廻の神である神帝だけの、特別な力だ」

今度はロキが息を呑んだ。

神帝を見て、ナザールを見つめ、それから手のひらで口を覆って考え込む。

「なにを考えることがあるのです、ロキ。ナザールは神と同じ寿命を手に入れ、あなたは末永くナザールと暮らせるのです。それとも、他の神々を取りまとめるのがそんなに重荷ですか」

「うるさい、仕事などどうにでもする。ただ……」

珍しくロキが言葉を濁すのに、彼はナザールの長い生を望んでいないのだと思った。

つきりと胸は痛むが……。

「あなたもずっとロキの側にいたいでしょう、ナザール？」

バラーに問われ、すぐには頷けなかった。

自分がロキの側にいたいのはもちろんだ。眷属だって滅びずに済む。だがもしロキがナザールを寿命が短いままの人間として側に置きたいと望んでいるなら、自分は彼の気持ちを尊重したい。

「ロキさま。わたしはロキさまの決定に従います。どちらでも、わたしが生涯ロキさまのお側で過ごすことに変わりはありません」

短かろうが、長かろうが。

ロキは切なげに目を細め、ナザールを上向かせて瞳を見つめた。

「俺はおまえの瞳を覗くたびに恋をする。長く生きてきて、誰かにこんなに激しい想いを抱いたのは初めてだ。だから、これからも俺の気持ちは永遠に変わらないと断言できる」

熱い告白に、ナザールの胸にも熱いものがこみ上げた。

「だが、人間の寿命は短い。もともと魂も長くても百年で消費できるよう作られている。神とは時間の感覚が違う。おまえが想像するよりずっと長いぞ。きっと体より先に魂が疲弊《ひへい》する。おまえがもう疲れたと、安らかに眠りたいと言ったときに、俺は………、おまえを殺してやれる自信がない」

バラーも神帝も、目を見開いた。

なにものをも恐れぬロキが、ナザールだけは手にかけられぬと言っている。

ああ……、と心が潤んでいく気がした。

どれだけ愛してくれるのだろう、この人は。きっと何千年側にいても、自分はロキを愛し続けるだろうと思った。

「ロキさまらしくもありませんね」

笑いながら、ナザールはロキの頬を撫でた。

「さっきみたいに、惚れさせると自信を持って言ってください。何回でも、何千回でも、あなたに恋をし続けたら、疲弊して世をはかなんでいる暇なんてありません。あなたといるだけで、毎日が興奮と喜びに満ちているのですから」

今度はロキが目を見開く番だった。

しばらくナザールを見つめ、やがていつも通りの尊大な笑みを浮かべた。

「そうか。俺らしくなかったか。そうだな、おまえの言う通りだ。永遠に笑顔でいさせてやる」

顎を取られて情熱的に口づけられ、ナザールは慌ててロキの胸を押し返した。

神帝とバラーが見ているのに！

当然のように息が続かなくなるまで貪られ、解放されたときはくったりとロキの胸に倒れかかっていた。

「まあ……、仲のいいことは素晴らしいですが、ナザールはまだ人間ですから、手加減も必要かと思いますよ」

早くもロキの発情の気配を読み取ったバラーが、心からナザールの身を案じている顔で言う。

「では、引き受けてくれるのだな、ロキ」

神帝が晴れ晴れとした表情で言うのを、ロキは不満げに遮《さえぎ》った。

「ふざけるな。おまえに頼まれたから引き受けるのではない。ナザールのために、俺が自らおまえの地位を奪いに行くだけだ。覚悟しておけ」

神帝は呆れたように肩を竦め、隣のバラーの腰を抱いた。

「早く隠居しておまえと籠もりたいものだな」

「暇を持て余したご隠居《いんきょ》に四六時中べたべたされると思うと憂鬱《ゆううつ》ですね」

バラーはぴしりと神帝の手をはねのける。

「おまえは私にだけつれない態度を取る。そこもおまえの魅力だが」

「だからさっさと奪えと言っているだろう、腰抜け」

ロキに腰抜け呼ばわりされても、神帝は怒る様子もない。

「私はもう若くないのでね。じっくり口説くのが性に合っているのさ」

「その調子ではくたばるのが先だな、老いぼれ」

ロキは神帝のことは罵倒しないと気が済まないらしい。

見慣れてしまえば、どこか温かいものさえ感じる三人のやり取りに、ナザールは頬を弛めた。

「では、町のもろもろが片づいたら、神界へ来てくださいね」

バラーと神帝が去ってから、ロキはナザールの瞳を見つめてもう一度問うた。

「本当にいいんだな？　俺の心を覗けるようになって、執着心に怯えたとしても、もう逃がしてやらぬぞ」

「最初から逃がす気なんてないのでしょう？」

「それはそうだ」

笑いながらナザールを抱き寄せたロキは、両のまぶたの上に順に口づけを落とした。

「愛している。永遠の俺の花嫁」

ともに過ごすこれからの長い時を想像したナザールの唇が、幸せな笑みの形に広がった。

このたびは『神の愛し花嫁～邪神の婚礼～』をお手に取ってくださり、ありがとうございました。同キャラで続刊を出していただくのは初めてでとても嬉しいです。

まずは応援してくださった読者さまにお礼申し上げます。授乳という特殊萌えを深い懐で受け入れてくださり、たくさんのご感想や続編のご希望をいただき、本当に感謝しています。こうして続編を書かせていただけたのも皆さまのおかげです。

前作でもかなりの溺愛攻めだったロキですが、今作もますますナザールにベタ惚れです。このカップルは唇に磁石でもついてるんですかねってくらいラブイチャなので、滅多なことでは揺らぎません。そんな二人に訪れる障害と言えば……。そちらはぜひ本文にてご確認くださいませ。彼ららしく互いを思いやる姿を見ていただければと思います。

今回も素晴らしいイラストをくださったCiel先生、本当にありがとうございました。また先生の絵で彼らが見られると思うと、書いている間もとても楽しかったです。

担当さま、たくさんのご意見をくださりありがとうございました。おかげさまで、バランスのよい作品になったと感謝しています。今後もどうぞよろしくお願いします。

ではでは、次の本でもお会いできることを願って。

かわい恋

初出一覧

神の愛し花嫁 ～邪神の婚礼～　　／書き下ろし

ビーボーイ小説新人大賞募集!!

「このお話、みんなに読んでもらいたい!」
そんなあなたの夢、叶えませんか？

小説b-Boy、ビーボーイノベルズなどにふさわしい小説を大募集します！
優秀な作品は、小説b-Boyで掲載、もしかしたらノベルズ化の可能性も♡

努力賞以上の入賞者には、担当編集がついて個別指導します。またAクラス以上の入選者の希望者には、編集部から作品の批評が受けられます。

大賞…100万円＋海外旅行

入選…50万円＋海外旅行

準入選…30万円＋ノートパソコン

佳　作　10万円＋デジタルカメラ
努力賞　5万円
期待賞　3万円
奨励賞　1万円

※入賞者には個別批評あり！

◆募集要項◆

作品内容

小説b-Boy、ビーボーイノベルズ、ビーボーイスラッシュノベルズなどにふさわしい、商業誌未発表のオリジナルボーイズラブ作品。

資格

年齢性別プロアマを問いません。

注意！
・入賞作品の出版権は、リブレに帰属します。
・二重投稿は堅くお断りします。

◆応募のきまり◆

★応募には「小説b-Boy」に毎号掲載されている「ビーボーイ小説新人大賞応募カード」（コピー可）が必要です。応募カードに記載されている必要事項を全て記入の上、原稿の最終ページに貼って応募してください。
★締め切りは、年１回です。（締切日はその都度変わりますので、必ず最新の小説b-Boy誌上でご確認ください）
★その他の注意事項は全て、小説b-Boyの「ビーボーイ小説新人大賞募集のお知らせ」ページをご確認ください。

あなたの情熱と新しい感性でしか書けない、
楽しい、切ない、Hな、感動する小説をお待ちしています！！

ビーボーイスラッシュノベルズを
お買い上げいただきありがとうございます。
この本を読んでのご意見・ご感想をお待ちしております。

〒162-0825　東京都新宿区神楽坂6-46
ローベル神楽坂ビル4F
株式会社リブレ内　編集部

SLASH
B-BOY NOVELS

神の愛し花嫁 ～邪神の婚礼～

2018年10月20日　第1刷発行

■著　者　かわい恋
©Kawaiko 2018

■発行者　太田歳子
■発行所　株式会社リブレ

〒162-0825　東京都新宿区神楽坂6-46　ローベル神楽坂ビル
■営　業　電話／03-3235-7405　FAX／03-3235-0342
■編　集　電話／03-3235-0317

■印刷所　株式会社光邦

Printed in Japan
ISBN 978-4-7997-4053-8